大志
家の前まで行くから
ちょっとでてきて
……もう。ほんとに大志のやつ
私はずっと
よ
中学の頃からずっと
このモテ男
片想いをして
あ、彼女から電話
いまは舞と一緒… あ、おい!
大志の一番
そばにいたい
彼女じゃなくたっていい
れた
なにそれ
そう思っていたのに――

舞が好きだ
それは
夢みたいな
出来事で
…なんか
デートっぽい
デート
だっての
ドキドキして
くすぐったくて
もっともっと
幸せにして
やるから
あぁどうしよう
いま、すごく幸せだ

桐谷のやつ、やりやがったよな
大志の話題…？
一万飛ぶっての！
さっさと別れて次のターゲットにいっていいんじゃね？
なに、それ…
告白は〝賭けのゲーム〟だったってこと…？
絶対大事にするから
ほかのやつのことなんて考えるなよ
あの言葉も
あの表情も
全部全部嘘だったの…？

…舞！
どうしたんだよ
大志
いままでもこれからも
好きだよ
大好きだよ
だから私は
別れようか、大志
この関係に終止符を打つ

野いちご文庫

好きって言ってほしいのは、嘘つきな君だった。

☆*ココロ

STARTS
スターツ出版株式会社

もしも、大好きで仕方ない人が女好きの遊び人なら。

「来るもの拒《こば》まず、去る者追わずでしょ」

私の場合は、そいつと同じキャラを目指します。


もし、遊び人である自分に本気で好きな女ができたら。

「ゲームやろうぜ。最初のターゲットは、桐原舞」

「……じゃあ俺《おれ》が告白する」

俺の場合は、手段を選ばず手に入れる。


「舞が、好きだ」

「それ本気？　それとも冗談《じょうだん》？」

たとえ嘘《うそ》つきな君だとしても。

私は、君からの『好き』がほしい。

Contents

桐谷《きりや》 大志《たいし》

舞が中学の頃から片想いしている相手。女好きでモテるので、彼女が絶えない。

桐原《きりはら》 舞《まい》

素直になれない高校2年生。大好きな大志のそばにいたくて"遊び人"のフリをしている。

加賀《かが》 冬樹《ふゆき》

舞のバイト先の大学生。さわやかで大人な雰囲気のイケメン。

日野《ひの》 莉里《りり》

舞の友達で中学からの付き合い。舞の片想いも知っていて、優しく見守っている。

松永《まつなが》 晴人《はると》

舞のバイト先で働く同い年の男の子。他校生だが大志とも仲が良い。

Chapter 1*

最高の親友

「よ、じゃないでしょ」

四月六日。夜の九時。

一分前にスマホに届いたメッセージを見て、私は自宅の玄関《げんかん》を開け外に出た。

家の前の街灯の下に、私を呼び出したその男が立っている。

私の姿を確認するなり悪びれる様子もなくニカッと笑うそいつに、無意識にため息が出た。

「じゃ、行くか」

「ちょっ、あんたねぇ」

人の都合なんて一切聞く気はないらしい。

それでも私は、口では文句を言いながら、歩きだすやつの背中を追いかけた。

桐原舞《きりはらまい》。それが私の名前。

そして私を呼び出したこの男が、桐谷大志《きりやたいし》。中学からの腐《くさ》れ縁《えん》だ。

「……で、あんたはなにしてるの」

「ん？　勉強のお供探してるんだよ」

いつものように大志に連れてこられたのは、近所にあるごく普通《ふつう》のスーパーのお菓《か》
子《し》コーナー。

「なにがいいかなー」

いま私の目の前では、大志のお菓子選び大会が行われている。

「悩んだってどーせ最後に選ぶのはこれでしょ？」

並んでいた梅味のポテトチップスの袋《ふくろ》を掲《かか》げると、大志はヘラッと笑ってみせた。

……ほんっと、ムカつく。自分が。

「さっすが舞。わかってるなー、俺の好み」

「ていうか大志がワンパターンなだけだと思うけど」

「いやいや、たまに甘《あま》いもんも食いたくなるし」

「そうなればチョコビスケットでしょ？」

ポンポンと出てきてしまうこいつの好み。

あきれるほど熟知しているのは、腐れ縁ってだけではない。

私がずっと見てきたから。

……この、片想《かたおも》いの相手を。

だいたい、夜の九時に女の子を呼び出してスーパーへ連れていくだなんて、いったいどういうことなんだろうか。

そう疑問に思うけれど、もう何回目かわからないこの呼び出しにはもう慣れた。断ればいいはずなのにノコノコ素直にやってくる私も、人のことは言えないし。

まぁでも急に呼ばれたとはいえ、デニムのショートパンツなんて、まだ少し肌寒い服装で来たのは失敗だったな。

適当な格好《かっこう》にはしたくないけど気合を入れるのもおかしいから、手っ取り早くそこその服を選んだつもりだったんだけど。

肩《かた》まで伸《の》びた髪《かみ》は後ろで束ねたまま出てきちゃって、首まわりがスースーする。

「舞は？　なんか買う？」

「買わない」

「あ、そう」

そっけない私の態度にもおかまいなしで、大志は安定の梅味ポテチを手にレジへと向かう。私はただその後ろ姿をながめていた。

「おーっし、じゃあ帰るかー」

「ほーい」

大志がレジから戻《もど》ってきた頃《ころ》には、時刻は夜の九時十分。

それは、私がこのたった十分のためだけに呼び出されたことを示している。

もう本当にわけがわからない。

意図が読めない大志も、そんな大志のためにわざわざ出かける自分にも腹が立つ。

スーパーを出て、街灯の少ない道をふたりで歩いた。

ここからだと大志の家の方が近いはずなのに、やつは曲がるべき道を曲がらずにまっすぐ進む。

出会った頃よりだいぶ背が伸びた大志を、少し見上げるようにして声をかけた。

「大志。あんたの家過ぎたよ？」

「んー？　そーだな。んじゃついでに送ってくわ」

「うわ、下手な嘘」

「うっせ」

こういうところにキュンとしてしまう私は、よほどこいつに惚《ほ》れているらしい。

「明日からいよいよ二年生だねー」

「まーたお前と同じクラスになったりして」

「えー。桐コンビ永久に不滅？」

「ふはっ、なんで疑問系なんだよ！」

ふき出す大志に私までつられてケラケラと笑う。

中学に入学して出会った大志と私は、それから高校一年生まで見事にクラスが同じだった。

桐原と桐谷で出席番号は必ず前後。

〝桐コンビ〟、だなんて誰《だれ》がつけたかもわからない愛称《あいしょう》で呼ばれているのも中一からのことで、なんだかんだ私は、こっそりとそれを気に入っていたりする。

「ま、どーせまた一緒《いっしょ》なんだろうな」

「うれしいんでしょ？」

「バーカ。それはお前だろ？」

う、と一瞬《いっしゅん》言葉をつまらせるけどそこは演技。

「べっつにー？」

かわいげのない返事を返せば、案《あん》の定《じょう》大志は「かわいくねー」とバカにした。

大志のポケットから突然《とつぜん》スマホの着信音が聞こえてきたのは、そんなとき。

「あ、ユカリ」

着信画面を見た大志から出た名前に、少なからず体が反応してしまった。

「おう。どした？」

私に断ることもなく速攻《そっこう》で通話を開始する大志は、まったくもってデリカシーというか、マナーがなってない。

私の存在がバレないように、毎回どれだけ物音を立てないように注意しているか。

この男は絶対《ぜったい》知らないだろう。

……そう、いまこいつが電話をしている相手は正真正銘《しょうしんしょうめい》、大志の彼女《かのじょ》。先月から付き合い始めた子だ。

悔《くや》しいけどこいつはとにかくモテる。

きりっとした奥二重《おくぶたえ》に、通った鼻筋。髪はいつも無造作ヘアでセットされていて、身長はバスケをしていただけあって百八十センチ近い。

性格だってフレンドリーで、基本的に誰とでも仲よくなれる。

そして、女にだらしないという残念なおまけつき。

過去の彼女の人数なんて、私はもちろん、本人もわかっていなかったりする。

距離《きょり》は近いはずなのに、こうしてとなりを歩いていても、すごい遠くに感じるんだ。

……ま、私も同類なんだけど。

「ん、いま？　いまは舞と一緒」

そんなとき、やつののんきなセリフに私は耳を疑った。

え、なに。バカ？

精いっぱいの怖《こわ》い顔で電話中のやつの横顔を見ると、本人はそれに気づきもせず

「舞を家に送ってる」だなんて細かい情報まで彼女に伝え始める。

もう少しで九時半だ。

カップルでも、家族ぐるみで付き合いのある幼なじみでも、実は兄妹⁉なパターンでもない。

そんなふたりがこんな時間に一緒にいるなんて、明らかに不自然すぎる。絶対に彼女がよく思うわけない。

それなのにこのバカは平気な顔をして、素直に状況報告をしているのだ。

もう私の方が気が気じゃない。

大志が彼女と別れるんじゃないか、とかいう心配ではなく、私に逆恨《さかうら》みが来るんではないか、という心配の方。だって怖いもん、女の逆恨み。

ただでさえ〝桐コンビ〟でよく思わない大志ファンに目をつけられているのに、これ以上敵を増やされては困る。

あ、大志と別れてくれるのは全然OKだからね……というか、早くそうしてほしいくらいだし。

「は？　なに言って……。あ、おいちょっと！」

突然、大志が焦《あせ》った声を出した。

次の瞬間、ツーツーと機械音が漏《も》れきこえる。

「……切られた」

はぁ、とだるそうにつぶやいた大志はスマホをポケットにしまう。

これからの彼女の逆恨みを考えて憂鬱《ゆううつ》になる反面、性格の悪い私は少し喜んでいた。

多分、こうなればもう別れるのは時間の問題。

「いいの？　ユカリちゃん」

「ま、いんじゃない？　舞といることを否定されるくらいなら別れるよ」

「なにそれ」

平然と会話を続けるけれど、内心にやけそうになる。

わかってる。大志がそんなつもりで言ってないことくらい。

でも、そんなこと頭で考えたって顔がにやけるのは仕方ないよね。

「だいたい、あいつに俺と舞の関係否定する権利あんのかってーの」

「べつに彼女なんだし、いいんじゃない？」

「は、無理。そんな彼女と付き合うくらいなら舞といる」

……本当に、この男は。

こいつにきっと世間の常識は通用しないんだ。

明らかにおかしな発言をしていることに、本人は気づいていない。

そんな折、また着信音が鳴った。

「お、次は舞か」

今度は、大志のではなく私のスマホから。なんでこうもタイミングよく……。

表示された名前は、〝佐山《さやま》くん〟。

内心面倒《めんどう》に思いながらも、私は仕方なく通話を開始した。

「もしもし？」

『あ、もしもし？　舞ちゃん？』

「うん、どうしたの？」

電話越しに聞こえるやわらかい声に、とがっていた気持ちが少しだけやわらぐ。

横にいる大志がジトッとこっちを見てくるけど、できるだけ気にしないように会話を続けた。

内容は、べつに他愛もないただの雑談。

いまなにしてるの？とか、今日は友達とご飯に行ってきたよ、とか。

なんでこんな時間にこんな電話をしているのか。

『好きだよ、舞ちゃん』

「うん、ありがと」

それは、私だって大志と同類だから。

――佐山くんは、二週間前から付き合い始めている私の彼氏《かれし》である。

「うん、……うん。うん、じゃあね。おやすみ」

プツ、と電話が切れたのはもう私の家に着いた頃。

「んだよ、全然話せてねーじゃん、俺ら」

「仕方ないでしょ。お互《たが》い電話来ちゃったんだから」

なんだかんだで大志もつまんなそうにしてくれているあたり、私に彼氏がいたかいがあるというものだ。

普通、好きな人がいれば彼氏だなんて別の存在がいることはない。

けれど、私の場合はいる。

それも、あえて表現するなら〝取っかえ引っかえ〟だ。

だって、大志が遊び人なんだもん。

そんな人を一途《いちず》に想っていたってどうにもならない。

中学卒業までは、本当に一途で純粋《じゅんすい》な片想いをしていた。

部活終わりはよく一緒に帰ったし、休みの日には映画を見に行ったりもした。

毎日ドキドキして、一緒に笑いあっていられるのが楽しくて。

部活帰りも、映画も、私がどれだけの勇気で誘《さそ》っていたかなんて本人は知りもしないだろう。

モテる大志はその間もたくさんの女の子と付き合っていたけど、『舞は親友だから』

なんて言って、私ともよく一緒にいてくれた。

けど、それはあくまでも〝友達〟だから。いままでの彼女たちに見せていた〝恋人〟としての大志の姿が、私に向けられることはない。

『私、大志のこと好きだよ』

『ん？　俺も舞のこと好きだぞ。一生ものの親友だよな、俺ら』

だから、高校に入ってからは私もやつと同じキャラへと方向転換《てんかん》することにした。

純粋な気持ちで一途に三年間想い続けてもダメだったんだ。

〝遊び人同士〟という関係なら大志ともっと近い距離に行けるかもしれない。

次第に芽生えたそんなゆがんだ考えが、私の片想いをここまでこじらせていた。

「んじゃ、また明日なー」

「ん。送ってくれてありがとね」

「おう」

ヒラヒラと手を振《ふ》って、大志は来た道を戻っていく。

その後ろ姿をしばらくながめて、結局私が呼び出された意味はあったのかなと疑問に思いながら家に入った。

「まーいー！　やっと同じクラスだね！」

「莉里！　やっとだね！」

翌日の四月七日。

今日から二年生がスタートする。

中学二年生で同じクラスになって以降、ずっと別々だった友達の日野莉里《ひのりり》と、やっとまた一緒になれた。

「あ、桐コンビも健在じゃん！」

「え？　うわー本当だ」

「とか言ってうれしいくせに」

そして予想通り大志も同じクラス。

離《はな》れればもしかしたらあきらめがつくかもしれない。

そんな考えはどうやら無駄《むだ》だったらしい。

私の気持ちを知っている莉里は、それを見てニヤニヤと肘《ひじ》で突《つ》ついてきた。

「べ、べつにそんなんじゃないし！」

「うわー、素直じゃねぇのな」

「……っ、大志⁉」

明らかに莉里とはちがう声が聞こえたかと思えば、目の前にまさかの本人、大志が現れた。

キだ。

「仲いいな、俺ら」

そう言って、おかしそうに笑いながら私の肩を抱《だ》く。

そしてそのままぐしゃぐしゃと髪をなでられ、平静を装いながらも内心はドッキド

こいつはいつでも躊躇《ちゅうちょ》なく触《ふ》れてくるから、本当に心臓が持たない。

「大志くん！」

「あ、やべ」

が、そのタイミングで大志の名前を呼ぶ高い声が聞こえた。

思わず顔をしかめた大志は、パッと私を離す。

「昨日といい今日といい、その子とばっかり仲よくしないでよ！」

その彼女——ユカリちゃんはそう言って近づき、大志の胸をぽかぽかと叩《たた》いた。

泣きそうな顔をするあたり、彼女は本気でこいつのことが好きなんだろう。

私とはちがう、伝える勇気を持った女の子。

「だから、舞は俺の親友なの！　わかる？　仲よくすんなって方が無理だから」

「なによ、それ！」

悪びれる様子もない大志の態度に、ユカリちゃんはヒステリックに叫《さけ》ぶ。

「うわ、大志くんキッツ」

横にいた莉里も、そんなことを言って事の運びをながめていた。

バカ大志。

そんなこと、普通彼女に言っていいわけがないのに。

私としてはそう言ってもらえるのはうれしいけど、彼女の立場からしたら彼氏が女友達といつも一緒にいるだなんて気分のいいものではないだろう。

そんなこともわからないこいつは、やっぱりデリカシーのない女たらしの大バカで。

「もういい！　大志くんのバカ！　わからず屋‼」

もう知らない！と、ユカリちゃんは叫んで走っていった。

帰り際《ぎわ》にキッとにらまれたのは、気のせいだということにしておこう。

「あーあ。またやったね、大志くん」

「ま、いんじゃない？　毎回毎回ヒステリックになられるのもだるいし。別れるわ」

まわりがざわざわと騒ぎたてる中、莉里と大志は冷静にそんな言葉をかわす。

私も私で、特に驚《おどろ》くこともなかった。

だってこんなの、日常茶飯事。

私の存在が原因で大志が彼女とケンカをすることがあれば、あいつのせいで私が彼氏とケンカをすることもしょっちゅう。

それでも私の一番は大志だから離れることはないし、向こうも私を親友だと思ってくれているらしいから一緒にいる。

そりゃ、いつまで経っても関係が発展しないことは事実だけど、やつの中で私が〝最高の親友〟であることに代わりはないから下手に行動もできないというわけだ。

「ほら、教室行こーぜ。B組だろ?」

「あ、待ってよ!」

先に歩いていく大志のあとを莉里と追う。

新学期が、幕を開けた。

似た者同士だな、俺ら

「舞ー。今日バイト?」

「うん」

放課後、帰り支度をする私の元へ大志が寄《よ》ってきた。

新しいクラスになってみても、仲のよさは変わらない。

ちなみに莉里は吹奏楽部《すいそうがくぶ》所属のため、放課後は基本、私と大志だけだ。

「マジか。えー、寄ってくかな」

「おー、おいでおいでー」

悩む大志をとりあえず誘ってみる。

だって、バイト先でも会えるなんてうれしすぎるじゃん。

もちろんそんな気持ち、態度には出さないけど。

私がバイトしているのは〝ベーカリーカフェCAT《キャット》〟というカフェ兼《けん》パン屋さんで、
高一の春からずっと働いているところ。

大志もよく食べに来てくれるんだ。

「んじゃ行くかー！　サービスしろよ？」

「そういうのは、当たり前に頼《たの》むことじゃないでしょ」

そんな会話をして笑いあいながら、一緒に教室をあとにする。

そこまでは順調だったのに、昇降口を出たところで私の足はピタッと止まった。

「舞ちゃん」

「……佐山くん」

なぜならそこに、彼氏である佐山くんが立って待っていたから。

優しい顔のはずなのにどこか悲しそうな表情の彼を見て、『まただ』と思った。

「やっぱり、無理だ」

「……ごめん」

佐山くんの言葉に、ただ謝ることしかできなくてうつむく。

大志に先にＣＡＴへ行ってもらうように頼んで、私はあらためて彼と向きあった。

「桐谷くんでしょ？　好きな人って」

「……うん」

「やっぱりかー。舞ちゃん、あの人の前だと明らかに表情ちがうもんね」

「ごめん」

「いや、いいって。そんなに謝らないでよ」

にこりと笑う佐山くんは、一度だけ優しく私の頭をなでる。

彼女がほしいという理由だけで付き合う人にはしないけれど、私のことをちゃんと『好き』だと告白してくれた人には毎回確認をしていた。

「『好きな人がいるけどそれでもいい？』って言われて、それをのんだのは俺だから。好きになってもらおうと思ってたけど、やっぱり俺には無理だったみたい」

「……佐山くん」

ツン、と申し訳なさが募《つの》る。

私はズルい。こうして別れ話をするたびにそれを痛感する。

付き合うときは思うんだ。この人を好きになれたらって。あんなやつのことなんか忘れて、幸せになってやるって。

それでも、どうしても大志以上に想うことができない。

ほかに好きな人がいるのに別の男の子と付き合うなんて、最低なことをしているのはわかっていても、気持ちは一切揺《ゆ》らぐことなく大志へとまっすぐに向いている。

「ごめん、舞ちゃん。……俺と、別れてください」

「……はい」

私はそう簡単に、あいつのことを忘れられない。

今回もその現実を突きつけられた。

「で。フリーになったんだ?」

「だからなによ」

佐山くんと別れてCATに行くと、厨房《ちゅうぼう》に一番近い窓側の席に座っていた大志に、別れたことがすぐバレた。

まぁ、あんな雰囲気《ふんいき》に居合わせればそんなこと察するだろうけど。

その原因があんただなんて、口が裂《さ》けても言えるわけがない。

「いや?　奇遇《きぐう》だなーと思って」

「は?　なにが?」

意外にも出勤時間までもう数分の猶予《ゆうよ》があった私は、お客さんがこいつしかいないのをいいことにその場でエプロンをつけながら話を聞く。

が、その動きは大志のひと言によって止められた。

「や、俺も別れたから。今朝」

「……は?」

大志からの思わぬ報告に、目を見開く。

え、だってそんな話聞いてない。

「なんで言ってくれなかったの」

「忘れてた」

「んなわけないでしょ」

「じゃあ言うタイミング逃《のが》した」

「……もういい」

はぁ、とため息をついてエプロンの次に三角巾《さんかくきん》をつけた私は、私物を置きに厨房へと入っていく。

荷物を厨房奥のロッカーにしまい、社員である職人さんにあいさつを済ませて再びホールへ出ると、「ガーリックサンドふたつね」と何事もなかったかのように注文してくるバカがいた。

「飲みものは？」

「金欠だから水で」

「了解」

そして、そんなバカに普通に対応する私も負けないくらいにはバカだと思う。

厨房にオーダーを伝えて、できあがりを別作業をしながら待つ。

「はい、ガーリックサンドふたつ」

「せんきゅー」

しばらくしてテーブルに出来立てのガーリックサンドを運ぶと、大志はそれをおいしそうに頬張《ほおば》った。

こいつは、一度気に入ったものに対しては一途な性格だ。

梅味のポテチもそう、チョコビスケットもそう。

CATでも調理パンはガーリックサンド、菓子パンはチョコあんぱんと、頼むものは固定されている。

……やつの好みを完全に把握《はあく》している自分には、気づかないふりをしておくとして。

——カランカラン。

「いらっしゃいませー」

大志はそれから一時間弱窓側の席を占領《せんりょう》してから、私に「がんばれよ」と言いのこして帰っていった。

そんなひと言で、このあと私のやる気が満ちあふれたことは言うまでもない。


次の日の朝。

「ふわぁ……」

「うわ、でっけーあくび」

「うるさいよ、ガーリックバカ」

「フハッ、なんだよそれ」

今日の登校は、たまたまタイミングが合った大志と一緒。

同じ学区の中学に通っていたくらいだから、私たちは家が近い。

お互い歩いて十分ほどの距離だ。

ちなみに、中学は私の家の方が近かったけど、高校になると大志の方が近い。

「だいたい、俺はガーリックサンドバカであって、ガーリックバカではない」

「じゃあチョコバカ？」

「……なんかそれ微妙《びみょう》じゃね？」

プッと同じタイミングでふき出して笑う。

朝からこんなに楽しい登校ができるのは大志のおかげだ。

本当は毎朝約束して一緒に行きたいところだけど、恋人でもない私たちがわざわざそこまですることもないから。

だから、通学路で登校のタイミングが合う朝は、私にとっては幸せな一日の始まりだったりする。

「お、今日は桐コンビで登校かー」

「おはよー、莉里」

「うーっす」

教室へ入ると、先に登校していた莉里が私にだけわかるようにニヤッと笑った。

はいはい、あとでイジられてやりますよ。

莉里は私から大志の話を聞くのが……というか、それを話す私をわざとからかうのが好きだ。

だからこそ、こうして一緒に登校して来た日なんかは話を聞きたがる。

あ、その前に佐山くんと別れたことを伝えないとな。

ついでに大志がユカリちゃんと別れたことも。

「え、マジですか」

「うん、マジです」

席に座ってさっそく話すと、意外と莉里は驚いた。

だって私が別れることも、大志が別れることもよくある話。

それなのに驚いていたのは、別の観点からだったみたいで。

「舞と大志くんが同じタイミングでフリーになるなんて、高校入ってから初じゃない？」

「あ、そういえば……そうかも」

私も言われてから初《はじ》めて気がついた。

大志が別れたときには私には彼氏がいて、私が別れたときには大志には彼女がいたから。

お互い彼氏彼女がいる期間はよく被っていたけど、お互いいない期間が被るのは初めてだ。

「似た者同士だな、俺ら」

「わ……っ！　もう、急に現れないでよ」

背後から急に聞こえた声に、体がビクリと反応する。

その正体は言わずともわかる。大志しかいない。

「プッ、お前って意外とビビりだよな。ホラー系とか絶対見ようとしないし」

「う、うるさい！」

「そういう女って、結構男はタイプだよ」

「なによ、急に……っ」

そんなこと急に言われたら、ドキッとしないわけがない。

なのに、サラッと言っちゃう大志がムカつく。

それはもう、殴《なぐ》ってやりたいくらいに。

自覚なし発言で振りまわさないでよ。このバカ。

「じゃ、お祝いするか！」

それからすぐに、大志は思いついたようにニヤッと笑う。

「は？　なんのよ」

「なにって、俺たちがフリーになったお祝い」

急に変な話を持ち出した大志に、もうツッコミどころは満載だった。

だいたい、ふたりとも恋人を失ったのにお祝いって……。

やっぱりバカだ、こいつ。お気楽星人すぎる。

「あ、いいねーっ。あたしも久しぶりに部活休みだし！　パーッとやろう？」

「さっすが莉里！　ノリいいな」

「へへー」

そこになぜか莉里まで便乗し、計画が進んでいく。

大志が女の子をすべて名前で呼び捨てすることにはもう慣れた。

ヤキモチなんて、いちいち妬いていられない。

「よーし。じゃあ放課後、ラーメン行くぞ」

「いえーい」

「え、は。本気で言ってるの？」

私が考え事をしている隙《すき》に、計画は実行へと向かう。

もう止めることもできず、私たちは放課後〝フリー祝い〟とやらでなぜかラーメンを食べに行くことになった。

「俺とんこつー」

「あたし味噌《みそ》ー」

「じゃあ塩で」

放課後、本当にやってきたラーメン屋さん。

出来立て熱々のラーメンどんぶり三つが並ぶと、さっそく大志と莉里は食べ始めた。

「ふー、ふー……」

一方、猫舌《ねこじた》な私はひたすら冷ます。

「お前って、本当尊敬するレベルの猫舌だよな。バイト先の名前とかお前にぴったりだし」

「それ、褒《ほ》めてないよね?」

「好きに捉《とら》えてくれ」

そう言いながら、ウマっ、なんてのんきに言ってズルズルと麺《めん》をすする大志。

こんなやつが女子にモテるんだから不思議だ。

「ほら舞。冷めちゃうよ?」

「冷ましてるんですー」

莉里も莉里でのんきに食べていたけれど、一番最後まで食べていたのはやっぱり私だった。

「はー食った食った」

「あんたは食べすぎ」

結局、食べるのが遅《おそ》い私に合わせてあれから餃子《ぎょうざ》セットを頼んだ大志。

それでも食べ終わったのは私とほぼ同時なんだから、男子の胃袋は恐《おそ》ろしい。

お店を出てしばらく三人で歩く。

「じゃ、あたしこっちだから」

「おう」

「莉里気をつけてねー」

途中《とちゅう》の別れ道で莉里とバイバイし、私は大志とふたりきりになる。

その展開は普通ドキドキするはずなのに、私たちの間にそんな空気はみじんもなかった。

「やっべ、見てこれ。腹パンパン」

「あはは、バーカ」

いつもと同じ、どうでもいいことで笑って歩く帰り道。

どちらかといえば、ある意味こっちの方が居心地がよかったりするのかもしれない。

でもやっぱり彼女として、こいつのとなりを歩きたいよ。

そう思ってしまうのは私のワガママなんだろうか。

「仕方ないから送ってってやるか」

「そりゃどーも」

大志が本来曲がるべき角を通り過ぎて、私の家路に入る。

なんだかんだで辺《あた》りが暗くなる時間帯であれば、こいつは必ずと言っていいほど私を家まで送ってくれる。

「舞、お前もっとかわいい返事できねーの？」

「……じゃあ送ってくれなくていい」

「や、そこは紳士《しんし》として送るけど」

「きゃー。やっさしー」

送らなくていいと言っても送ると言いはる大志だから、ちゃんと褒めたのに。

「棒読みすんな」と頭をペシッと叩かれた。

「あ、そういえばさ」

「ん？」

もう少しで家だというときに、大志が再び口を開く。

「次の彼氏のめど、立ってんの？」

「……は？」

一瞬、耳を疑った。

次の彼氏って……。昨日の今日でできるわけがないじゃないか。

私は、あんたが好きなのに。

「そんなわけないでしょ」

「だよなー。安心した」

「え？」

安心した、という言葉に過剰《かじょう》なほど反応してしまう。

なにそれ、どういう意味よ。

「あ、いや、ちげぇよ？　舞に先に彼氏作られたら負けるなーと思って」

「……くだらない」

けげんな顔をしたのがわかったのか、大志はどこかあわてた様子で苦笑する。

私に彼氏ができてほしくないって、そういう意味かと少し期待してしまった。

そんなわけないのにね。

「来る者拒まず、去る者追わずでしょ」

「……本当お前、変わったよな」

ポツリとつぶやいた大志のその言葉には聞こえないふり。

私だって、こうなりたくてなったわけじゃないんだから。

遊び相手でいいから、あんたの近くにいたかったんだよ。

ただ、それだけなのに。

「あ、もうここでいいよ」

「ん」

家の前まで着くと大志はいつも通りヘラリと笑って、ついでに私の頭をグリグリとなでた。

「ちょ……っ、髪ボサボサになっちゃうじゃん！」

「ははっ、舞にはそれくらいが似合うって」

「はぁ？」

キッとにらんでも、こいつにそんなのが効《き》くわけもない。

私がどんなにお化粧《けしょう》して、髪を決めてオシャレをしても、大志の前では無駄というわけだ。

「はい、帰った帰った。送ってくれてありがとねー」

めずらしくそれがズシンときた私は、悟《さと》られないようにやつを軽くあしらう。

「かわいくねぇ」なんて言いながら道を引き返す大志に、「知ってるよ」と小さな声で言い返しておいた。

どんな手を使ってでも

正直、気づきたくなかった。

女の子なんてこの世にはいくらでもいて、俺の相手をしてくれる子だっていくらでもいるというのに。

親友の存在が気になって仕方ない。そんな自分がいたんだ。

「なによ、またこんな時間に」

「ん？　勉強のお供探し」

「……もう、今月何度目よ」

目の前に立つ親友、舞は、のんきな様子の俺を見て、大きくため息をついた。

時刻は午後九時。場所は近所のスーパー。

イヤそうにしているが、なんだかんだ最後まで付き合ってくれることは知っている。

「どーせこれでしょ？」

「や、今日は甘いものの気分」

「じゃあこっちだね」

ちなみに、俺が選ぶお菓子の好みもこいつは完全に把握していた。

梅味のポテチを棚《たな》に戻して、チョコビスケットを俺の腕《うで》にたくす舞。

早く買ってこい、ってことか。

仕方ない、さっさとやろう。舞を怒《おこ》らせたら面倒だ。

そう思うなら最初から連れ出さなければいいのはわかっているけれど、それとこれとは別。

その場で待つように言った俺は、速攻でレジへ向かう。

途中にあったアイスコーナーで、あいつの好きなバニラアイスも買っておいた。

「はい、これ」

「え、いいのっ？」

買ったアイスを差し出すと、さっきとは打って変わって顔をほころばせる舞。

あ、かわいい。とか思ったことは気のせいにしておこう。

「買いもの付き合ってくれたから。それにまぁ、俺優しいし？」

「仕方ない。たまには認めてあげるよ」

へへっと舞が笑った瞬間、ドクンと胸が鳴った。

あぁ、もう。体がこうも反応しては認めざるを得ないじゃないか。

「よし、今日も送ってってやるか」

「イヤイヤ言うなら遠慮《えんりょ》しまーす」

「ったく、かわいくねぇな」

そうは言うけど、そんなの建前。

言えるわけがない。

中学から一緒にバカやってきた大の親友に、いまさら『かわいいよ』だなんて。

高校に入って、舞は確実にかわいくなった。

化粧をして、髪形も変わって、私服だって女っぽくなって。

中学まではどちらかといえば大人しい部類だったこいつは、気づけば俺と同類になっていたんだ。

来る者拒まず去る者追わず、なんてこいつには似合わない。

高校デビューだか知らないけど、やめればいいのにと何度思ったことか。

俺に隠《かく》していない限り、中学時代の舞に彼氏がいたことはない。

なにもかも初めてのくせして、いきなりいろんな男と付き合うもんだから、俺は気が気じゃなかった。

いま思えば、それで舞を過剰に意識し始めることになったんだけど。

「どうかした？　大志」

「え？」

めずらしく変なことを考えていたからか、気づいたときには舞の家に着いていた。

顔をのぞきこんでくるこいつに、また心臓がドクンと波打つ。

……勘弁《かんべん》してくれ。

こんな距離感、中学の頃から日常のことだったんだぞ。

いちいち反応してどうすんだ。恋愛《れんあい》初心者かよ、俺。

恋なんて、それなりにしてきたはずなのに。

しかも相手は舞だ。こんなのありえない、認めない。

そう思うはずなのに、四年も一緒にいて気づけなかった舞のかわいいところを俺は着実に見つけていた。

「どうもしてねーよ。腹減っただけ」

「ふーん。ならさっさと帰ってその勉強のお供とやらを食べな」

「へいへい」

あくまでも平静を装って、俺はその場をあとにするためクルッと背中を向けて歩きだす。

「送ってくれてありがとねー」

背後からそんな声が聞こえたから、後ろ手に右手をヒラヒラとあげておいた。

〝清楚《せいそ》〟なんて言葉とはまるで無縁だし、面倒くさがりで、おまけにたまにすごく口が悪くなる舞だけど。

それでも、家まで送ったあとに毎回必ず〝ありがとう〟と言ってくれるから、また送ってやりたくなるんだ。


「なー桐谷。ゲームやろうぜ」

「おう、いいよ。なんのゲーム？」

ある日の昼休み。

二年になって新しく友達になった男三人と俺で、ダラダラと時間を過ごしているときのことだった。

暇だったし、スマホゲームとかカードゲームのたぐいだと思っていた俺は、特に内容も聞かずに引き受けてしまった。

「賭《か》けだよ、賭け」

「は？　賭け？」

が、その内容を聞いて拍子抜《ひょうしぬ》け。

「ターゲットに告白して、何カ月付き合えるかをまわりで賭けるんだよ。当たった人は全員から一万円ずつもらえる。で、当たった人がいなかったらそのコクった本人が全額ゲット！　どう？」

「お、楽しそう！」

「一万か。結構でかいな」

みんなはノッてきて、わいわいと騒ぐ。

「桐谷は？　やらねぇの？」

「んー」

正直、遊んでる俺が言えたことではないが、そういうことはしたくない。

賭けだなんて最低だし、その子を傷《きず》つけることは目に見えている。

けれど、考えている間にもまわりは盛りあがっていて、渋《しぶ》っている俺の耳にやつらの最初のターゲットの名前が聞こえた。

「最初のターゲットは、桐原舞」

「なっ……!?」

思わず、体が反応する。

「お、初級じゃん。桐原って告白断らないし」

「それに賭けでもあんなかわいい子と付き合えるとか幸せじゃね？」

会話が弾む三人。

舞が、最初のターゲット？

おいおい、それ本気で言ってんのかよ。

その名前は、渋っていた俺の心を簡単に変えた。

……ほかのやつらに取られるくらいなら、俺がもらう。

それがたとえ、賭けのゲームだったとしても。

どんな手を使ってでも、舞は誰にも渡《わた》さない。

「……じゃあ俺が告白する」

俺が手をあげるとみんなは驚いたけど、〝桐コンビ〟がカップルになることに対して盛りあがりを見せた。

「一カ月も続かないと思うなー」

「や、一カ月半くらいは持つんじゃね？」

「じゃあ俺、勇気出して三カ月に賭けるわ」

それぞれが賭けて、ゲームがスタートした。

俺と舞の親友加減から、恋人のような甘い雰囲気は無理だというのがみんなの推察。

正直俺も同意見だ。

俺が意識しているだけで、きっと舞は俺のことをただの仲よしにしか思っていないだろうから。

ずっと心地よかった〝親友〟という関係を壊《こわ》したくはないけれど。

誰かに賭けで舞を取られるなんて、耐えられそうにない。

……って、もうこれ完全に惚れてるじゃん。

マジかよ。

自覚せざるを得ないところまで感情が進んでは、もうそれは完全に恋だ。

「タイミングは桐谷に任せるわ」

「おう」

そう話したところで、昼休みは終わった。


「なーに難しい顔してんのよ」

「べつに？」

席に座るのとほぼ同時に、前の席の舞が振り返って俺に話しかける。

まだ四月のうちは、桐原、桐谷で出席番号順の席だ。

「ふーん。あ、今日バイト休みだから一緒に帰ろうよ」

「おう。……って、え？」

舞がなにか言ったから返事をしただけ。でも、いつもなら聞いているはずの内容を聞かないままに応えたことを後悔《こうかい》した。

「なにその反応。イヤ？」

「や、そういうわけじゃなくて」

一緒に帰るなんて日常茶飯事だ。だからべつにイヤなわけでは断じてないんだけど。
タイミングを見て、俺はお前にコクらないといけないのに。
帰りが一緒とか、もうそこでするしか……ねーじゃんか。
「そう？　じゃあ帰ろ」
「ん」
約束を取りつけた手前、もうあとには引けなかった。
俺は今日、親友のお前に告白する。
裏にあるのは賭けだけど、舞への気持ちがある俺にとってはガチのやつだ。
あぁ、もう。
告白なんて、ずっとされる側だったからしたことないのに。
バカみたいに心臓の音が鳴りやまない。
最低なゲームが、もうすぐ始まる。

Chapter 2*

「……は？」

いつもの、普通な、日常的な、ごくごく当たり前の帰り道……のはずだった。

しいて言えば、大志の口数が少しだけ少なかったくらい。

「いま、なんて言った？」

私の耳は、ついにバカになったかもしれない。

ありもしない幻聴《げんちょう》が聞こえたものだから、私は思わず立ちどまってやつを見た。

まっすぐに見つめられ、胸がドキンと波打つ。

「だから」と、目の前に立つ大志は再び口を開いた。

「舞が、好きだ」

顔に熱が一気に集中して、息ができない。

心臓なんて、このままどうにかなっちゃうんじゃないかってほどに音を立てていた。

「それ本気？　それとも冗談？」

けれど、かわいくない私はその言葉の真偽《しんぎ》を確かめる。

だって、大志だよ？

中学の頃からあんなに好きで仕方なかった相手がいま、ずっと私の望んできた言葉を口にしている。

そんなこと、信じられる？

うれしすぎる言葉だけど、私にはそれを素直に受けいれられなかった。

自分で確認しといてあれだけど、冗談だとしたらかなりキツいものがある。

いや、こいつが私に本気の告白なんてしてくるわけがないんだけど。

「バーカ。冗談なわけねーだろ」

そう思っていたのに、大志の口からは信じられない言葉が飛び出した。

心なしか、やつの耳は赤い。

なぜ。どうして。なにがどうなっているの？

「ち、ちょっと待って。いったん整理させて」

私の頭の中はうれしさのほかに、驚きも不安も混乱も、すべての感情が入りまじっていた。

「整理って、なにを整理すんだよ」

「あんたのことよ」

一度落ち着きたいのに、このバカはそれすらさせてくれない。

……大志が私を好き？　本気、なの？

ぐるぐるとそればかりが頭をめぐって、まったく整理どころじゃない。

告白されるときって、こんなに混乱するものだっけ？

告白されるたびに照れて、うれしくて、けれど頭のどこかでは冷静で。

それが私だったはずなのに。

相手が大志ってだけでこんなに混乱するなんて……ちょっとムカつく。

「大志」

「んだよ」

「保留にさせて」

「……は？」

私は、初めて告白の返事をその場ではしないことを選択《せんたく》した。

「本気で言ってんのかよ、それ」

大志がけげんな顔を見せる。

それもそうだ。毎回告白に対しては即答《そくとう》する私が、初めて保留を希望したんだから。

けれど、それとこれとは話が別。

相手が悪すぎる。というか、特殊《とくしゅ》すぎる。

「本気に決まってるでしょ。あんたが変なこと言ってくるから」

「変なことって……」

かわいくないと言われればそれまで。だって、本当に混乱してるんだもん。

「とにかく、ちょっと考えさせて」

いまは時間がほしい。

そう思った私は大志にそう頼んで、今日のところはお開きとなった。

しかし、おかしな出来事はこれだけでは済まなかったのだった。


「……は？　休み？」

次の日、大志は学校に来なかった。

担任いわく風邪《かぜ》を引いたらしいけど、どうも怪《あや》しい。

昨日の今日だ、なんだか罪悪感に襲《おそ》われる。

でもそれとこれとは別で、大志に会わなくてホッとする自分もいた。

「……なにやってんのよ、あのバカ」

「なになに？　大志くんが心配だって？」

「ちょ、莉里！」

なんとなくつぶやいた言葉が莉里に拾われてしまった。

ニヤニヤと私の顔をのぞきこむ莉里は、もう完全におもしろがっている。

「べ、べつにそんなんじゃないし！」

「舞って、大志くん絡《がら》みのときは特にわかりやすいよね」

「そっ、そんなこと……！」

もう完璧《かんぺき》に見すかしている莉里は、そのあともずっとケラケラと笑って私の反応を楽しんでいた。


「行ってあげればいいじゃん。お見舞《みま》い」

「そ、れは……」

結局放課後になるまで大志のことしか考えていなかった私は、はっきりと莉里に言われてしまった。

「それは、なに？　なんか都合悪い？」

あまりいい反応を示さなかった私を不思議に思ったらしい。

なぜなら、莉里にはまだ言っていないんだ。大志に、告白されたことを。

いつもの私ならなんの躊躇もなく大志の家へ行っただろうけど、いまは厳しい。ていうか、無理だ。

あいつに会ってどんな顔をすればいいのかがわからない。

——ピコン。

「舞。なんか来たよ」

「え?」

私のスマホに一件のメッセージが入ったのはそんなタイミングだった。

送り主を確認すると、そこに表示されていたのは〝大志〟。

「……っ、は⁉」

「え、どうしたの?」

トーク画面を開いた私は目を見開いた。

《助けて》

たった三文字が並んでいたから。

いったい、なにがあったというんだろうか。

反射的に通話ボタンを押《お》して電話をかける。

そんな私の様子を見て、横にいた莉里も心配そうに見つめていた。

『……ん』

「大志! ちょっとあんた、大丈夫《だいじょうぶ》なの?」

声が聞こえたのは四コール目。

いつもより少しかすれていて、元気もない。

風邪という担任の情報は本当だったんだ。

『舞……』

「うんうん、私だよ。どうしたの？　大丈夫？」

熱があるのか、少し甘えたその声にキュンとしたのは内緒。

でもそんな場合じゃないことは電話越しの声でわかる。

大志はバカだけど人並みに風邪は引く。そして謎《なぞ》に高い熱が出るタイプだ。

以前インフルエンザで四十度という驚異の記録を出したこともある。

「熱あるんでしょ？　何度？」

『……三十九度』

「はい、寝《ね》てください」

だからこの体温を聞いても、もう大志に関してはそんなに驚かなくなっていた。

「おばさんは？」

『……仕事が長引いてるって』

「じゃあ、おじさんは」

『出張中』

だけど、この情報を聞くとさすがにため息が出る。

三十九度の熱にひとりでうなされるのは、キツいものがあるだろう。

しかも大志のことだ。なにも食べていないにちがいない。

「わかった、行く」

『わ、舞が神様に感じる……』

昨日のことなんてすっかり忘れて、私は気づけばそう言っていた。

大志のセリフに突っこみたいのを我慢《がまん》して、荷物を準備するために一度電話を切る。

「大志くん、なんだって？」

「三十九度でうなされてるみたい」

「ありゃ」

心配していた莉里も、私と同じく特にその体温で驚くことはない。

「とりあえず見に行くね」

「うん、それがいいよ」

莉里に手を振られ、学校を出る。

「もう親友の枠《わく》超《こ》えてるじゃん、あんなの」

後ろで莉里がなにかを言ったような気がしたけど、急いでいた私は聞きとることができなかった。


「舞～……」

「はいはい、よくがんばったね」

桐谷家に着くと、足もとがおぼつかない状態の大志がヘラヘラと笑いながら出てきた。とっさに腕を支えて部屋のベッドへと一緒に戻る。

「ちょっと冷たいよ？」

「ん」

買ってきた熱冷まし用のシートをおでこに貼《は》って体温を計ってみると、やっぱり三十九度だった。

「なにか食べたの？」

問いかけても黙《だま》ったまま。

やっぱりなにも食べてないみたい。

「ゼリー買ってきたよ。食べられそう？」

「ん……ちょっとなら」

素直にコクリとうなずく大志。

こんなことを思っていい状況《じょうきょう》じゃないことくらいわかってはいるけど、かわいく思えるのは仕方ない。

だって、レアだもん。

普段《ふだん》私をからかってばかりのあの大志が、こんなにも素直だなんて。

ふた口だけゼリーを食べた大志は、私が買ってきた風邪薬を飲んで横になる。

「舞──……」

「ん？」

答えても返答はない。

私の名前を呼んだ大志は、返事を聞いて満足そうに眠りについた。

「まったく……」

その寝顔を見て、フッと笑い声がもれる。

なんで私、こんなに尽《つ》くしているんだろう。

いまさらながらその疑問にたどりついた。

だって私、彼女じゃないし。って、……あ。

やばい、忘れてた。

ふと思い出した、昨日の出来事。

大志からの《助けて》のメッセージですっかり抜けていた。

──ギュッ。

そのタイミングで、ベッドサイドになんとなく置いていた手が握《にぎ》られた。

熱いその手が、指が、自分の手に絡む。

いわゆる、〝恋人つなぎ〟というやつ。

「ちょ、ちょっと……っ」

赤面する私とは裏腹に、スースーと寝息を立てて眠《ねむ》っている目の前の好きな人。

無意識でこれは、ズルい。

つらいのか、時折ギュッと力が込《こ》められるその手は、いつも私の頭をぐしゃぐしゃになでる力強い手とは正反対で。

「なに熱なんか出してんのよ。……バカ」

離そうと思えば簡単に離せるその弱々しい手を、私は振りほどけなかった。

「ま、い……」

不意に名前を呼ばれ、思わず体がビクッと反応する。

大志の顔を見てみると、まだ眠っている様子。

「好き、だ」

「なっ……！」

それなのに、はっきりとその口から紡《つむ》がれた言葉に胸が甘くうずいた。

握られている手が、熱い。

空いているもう片方の手で、握られた手をそっと包んだ。

「早く、よくなって」

こんなこと絶対に、いつもの大志の前ではできない。

初めて強く感じた彼の手の熱を、私はずっと感じとっていた。

「……い、舞」

「ん……」

どれくらい時間が経ったんだろう。

大志の呼ぶ声が聞こえて、私は目を覚ました。

「お前、寝すぎ」

瞼《まぶた》を上げると目の前にはどアップの大志の顔があって、私は瞬間的にその場から離れる。

しかし、手がまだつながれていてその距離には限度があった。

「ちょ、手！」

「ん？　あぁ、悪りぃ」

私が言うまで気づいていなかったのか、悪びれる様子もなくパッと手を離す大志。

いけない。うっかり寝ちゃってたんだ、私。

あわててスマホを開くと、もうとっくに午後八時を過ぎている。

「舞のおかげでだいぶよくなった。ありがとな」

けれど、それよりも目の前のバカの熱が引いたことへの安心感の方が強かった。

「心配させないでよね、バカ」

「ははっ、悪りぃ悪りぃ」

笑う元気があるならもう大丈夫だ。

いちおう確認として、大志の額《ひたい》に手を触れる。

私の手に驚いたのか、大志は目を見開いた。

「うん、だいぶ下がったね」

触《さわ》った感じも、私が来た頃よりは落ち着いた様子。

「お前なぁ……」

でも安堵《あんど》した私とは対照的に、目の前の大志は盛大にため息をついてガクンとうなだれた。

「え、まだどっかキツい？」

「いや、そうじゃなくて」

「じゃあなによ」

その反応がよくわからなくて首をかしげると「あーもう！」と大志は自身の髪をグシャッとかく。

「だから！　少しくらいは警戒《けいかい》しろって！」

「は？」

なにを言いだすかと思えば、やつの口から出たのはそれだった。

「警戒って、なんの」

「だーっ！　もうお前むかつく。この鈍感《どんかん》バカ舞！」

「はぁ？　看病してもらった分際でその言い方はないでしょう？」

いつの間にかそれは言い合いにまで発展していて、私自身も意味がわからないまま、ただ大志にムカついて言い返していた。

「だーかーら！　お前はもう少し自覚しろっての！」

「だから、なにをよ！」

もうすっかり大志の熱は下がりきっていることだろう。

だってこんなに大声が出せるんだから。

だけど、次に熱くなるのは私の番だった。

「看病してる相手が、自分を好きな男だってことをだよ！」

まさかの不意打ちに、息をするように出てきていたケンカ言葉が引っこむ。

「ったく、気づくの遅ぇんだよ」

ふいっと顔をそらす大志も大志で、耳が赤い。

それがわかるからこそ、なぜかその瞬間になって、すんなり昨日の大志の告白を受けいれることができた。

「……た、いし」

「んだよ」

横に目をそらしている大志と、うつむく私。

ふたりの視線はまったく交わっていないのに、妙な緊張感《きんちょうかん》が流れた。

「私も、好きだよ。大志のこと」

「……は？」

そしてそれは、私の口から発せられたものによってさらに増していく。

大志の目線が私に向けられた気配がして、私もそれを追った。

交わる視線に、ドクンと心臓が音を立てる。

「え、……マジ？」

「うん、マジ」

ドキドキと心音がうるさい。

大志は、信じられないというように驚いた顔をしていた。

「じゃあなに。舞、俺と付き合ってくれんの？」

その質問に、コクリと首を縦に振る。

「マ、ジかよ」

「イヤ？」

「んなわけねーだろっ！」

即答する大志に、ふふっと笑ってしまった。

ギュッと、安心する温もりに包まれたのはそのすぐあとのこと。

「舞、ありがとう。絶対大事にするから」

大志にこうされてるのが、なんだか不思議で、くすぐったくて。

「当たり前でしょ?」なんて言う私は本当にかわいくない。

「やっぱかわいくねぇな、お前」

「そんな私が好きなくせに」

「舞お前、本当むかつく」

「へへっ」

大志が風邪とかそんなことはすべて忘れて。

私と大志はこの日、初めてのキスをした。

長年の想いがかなった瞬間だった。

ぎこちない初デート

それから一週間が経って、四月も終わりに近づいた頃。

「やっぱり、なにも変わってなくない？」

「莉里もそう思う？」

昼休みにお弁当を食べている最中、目の前に座る莉里は私にそう言った。

視線の先には、クラスの男友達に囲まれてわいわいと騒いでいるバカ大志がいる。

「本当に付き合ってるんだよね？　舞と大志くん」

「うん、まぁ」

あの看病の日の翌日、私は速攻で莉里に大志と付き合うことになったと伝えた。

そのときこそは大声で叫ばれるくらい驚かれたけれど、いまはもうこの通り疑われている始末。

私自身も、付き合っているのかよくわからなくなってきていた。

けれど、いちおう進歩はある。

「登下校は毎日一緒になったよ？」

「付き合う前も、ほぼ毎日一緒のようなもんだったじゃん」

「う、たしかに」

しかしながら、それは莉里のツッコミによって流された。

「うりゃっ、なにめずらしく悩んだ顔してんだよ？」

「ちょ、なによ……っ！」

そのタイミングで、私は誰かさんに後ろから頭を叩かれた。

声と触れ方でわかる。

それは、さっきまで男子たちとバカをやっていた大志しかいない。

「このバカ大志」

「うるせーよバカ舞」

たしかに、私たちの距離感は友達のときとなんら変わりがない。

そんな矢先、莉里が唐突《とうとつ》に思いきった発言をした。

「大志くんさー、もう少し舞とカップルらしいことしたら？」

「は？」

「ちょ、莉里！」

おかげで私はプチパニック状態。

莉里さん。それ言っちゃったら、私が大志とカップルらしいことしたいって言ってるようなもんだよ。

いや、実際思ってるんだけど。

「なんだよ、カップルらしいことって。登下校なら毎日一緒にしてるぞ」

「あんたたちの思考が似すぎててめんどくさいんだけど」

「あはは……」

莉里のツッコミがその通りすぎて笑うしかない。

このバカと思考が同じだなんて、悔しいのかうれしいのか、結構複雑。

「舞の誕生日だって盛大にやるし」

「はぁ……。そうじゃなくてさ。っていうか舞の誕生日なんて五カ月も先じゃない。あたしが言いたいのは、デートとかすればいいのにってこと」

「デート？」

莉里の言葉に私たちの声が被り、思わず顔を見合わせる。

ここまで同じだともう末期だ。

「そう、デート。付き合ってからまだしてないでしょ？」

「うーん、それはたしかに」

思い返してみても、まだカップルとしてのデートはしたことがない。

でもまぁ、付き合う前からふたりで出かけることはよくあったけどね。

「よし、舞」

突然、大志の腕が私の肩にまわった。ドキッと鳴る胸を必死にごまかす。

「行くか、デート」

それから、やつはニッと笑いながら私の顔をのぞきこんでそう言った。

まさかの大志からの〝デート〟という言葉に目を見開く。

「え、本気？」

「なに、イヤなわけ？」

「いや、そんなことはないけど」

むしろ、あんたと一緒に出かけられるなら私は大歓迎《だいかんげい》だよ。

なんて、絶対口には出せないけど。

「じゃあいいだろ。よし、決まりな」

「う、うん」

まさかの展開になり、私は内心動揺《どうよう》しまくっていた。

「よかったじゃん」と小声でニヤニヤ笑っていた莉里に、あとでひと言文句を言ってやろう。

「変じゃない、よね？」

約束を交わしたその週の土曜日。

私と大志は、いわゆる初デートをすることになった。

十時に大志がうちに迎《むか》えに来る。いまはその一時間前。

私は、部屋の鏡に映る自分の格好を念入りにチェックしていた。

寒色系の花柄ワンピースに、ピンクベージュのロングカーデ。

肩まである髪はふんわりと巻いてハーフアップにした。

あとはこれに、ベージュのヒール低めなパンプスを履《は》いて、ブラウンのバッグを持てば完璧。

相手は大志だとわかっているのにここまで入念なチェックをするのは、確実に昨日の莉里の言葉があるからだ。

〝友達同士のお出かけ〟とはちがう格好をすること。

『大志くんをドキッとさせたくないの？　させたいでしょ？　だったら、服装は絶対ワンピースだから』

めったに着ないワンピースを今日の服に選んだのも、莉里のアドバイス。

制服以外で、大志の前でスカートなんてはいたことがない。

いままでふたりで出かけるときはすべてパンツ系だったもん。

「うわ、無理。緊張する」

刻々と時間が迫《せま》ってくるにつれ、いままでにはない緊張感に襲われる。

相手は大志なのに。あの、大志なのに。

それなのにこうも緊張している自分の乙女《おとめ》加減にあきれながら、私は大志の迎えを待った。


「めずらしい格好してんね」

「べつに、普通でしょ」

十時ちょうどになって、大志はやってきた。

会うなり第一声で服装のことを言われ、とっさにかわいくない返事が飛び出す。

普通って、普通じゃないでしょ。あれだけ悩んだくせに。

大志は相変わらずオシャレだった。

こいつは、悔しいけれどなんでも似合う。

黒のボトムに白Tシャツ。そして上にベージュの薄手《うすで》のジャケット。

あぁもう、カッコよすぎてムカつく。

「なにムッとしてんだよ」

「してないもん」

「してるじゃん」

のぞきこんでくる大志に思わずドキッとする。

あーもう、だから、近いんだって！

私は照れる気持ちを隠すように、グイッと大志の手首を引っぱる。

「えっ、なんだよ急に」

「行こ！」

大志と目を合わせずにそのまま家を出た。


「ちょ、舞！」

「なによ！」

真っ赤になっているはずの顔を見られたくなくて前を歩いていたのに、バカな私は
大志に名前を呼ばれてケンカ腰《ごし》に振り返る。

すると、すぐ目の前に大志の顔があったものだから、一瞬息が止まった。

やば、近い。

「なんか、ドキッとすんだけど」

「……バッカじゃないの」

ついには、お互い無言になって立ちどまる。

どうしよう。いつもの私たちじゃない。なんか、調子狂《くる》う。

「あーもう！　調子狂うな！」

そんなことを考えてた矢先、大志が声をあげた。そしてガシガシと頭をかく。

「ほら、行くぞ！」

「え？」

今度は、大志が私の手を引いて歩きだした。

でもそれは手首をつかむものではなくて。

「ちょ、大志？」

「いいから、黙ってろ」

「はぁ？」

なんだかんだ言いながら、私がつまずかない程度のスピードで歩くこいつ。

つながれた手が、熱い。

ドキドキと胸が鳴る理由は、なんだか悔しくて考えたくなかった。


それから歩くこと数分。

「ここって……」

「ここなら、さっきの変な緊張も解《と》けるだろ」

「まぁ、そうだけど」

私たちは、ショッピングモールの中にあるゲームセンターにいた。

デートなんて雰囲気はゼロの、ガヤガヤとしたこの空間。

「俺、フリースローやりたい」

「え、ちょっと！」

けど、この場所は前にも大志と来た場所だった。

ふたりで出かけたことが多すぎて、なんの目的で来たのかは忘れたけど。

とっても楽しかったことだけは覚えてる。

「うし！　パーフェクト！　舞、見てたか？」

「見てた見てた。相変わらずバスケだけはうまいね」

「〝だけ〟は余計だろ」

ふてくされる大志にへへっと笑う。

大志は小中学校でバスケをやっていた。だから、そのプレイだけは誰にも引けを取らない。

まぁ、高校では部活に入らず体育だけで楽しんでいるみたいだけど。

「大志、これやってよ」

「は？　こんなのちょろいだろ」

次に目をつけたのは、小さい子がよくやるモグラ叩き。

これがまた意外と難しかったりする。

「うりゃ、うりゃ！　え……ちょ、早くね？　おりゃ！」

「あはは、がんばれー！」

穴を出入りするモグラがスピードを上げる。

それについていけなくなった大志は、最後は撃沈《げきちん》した。

「舞、お前、笑いすぎ」

「だって……あはは」

モグラ叩きが終わって、最後にボードに表示された言葉は〝がんばりましょう〟。

『ちょろい』なんて言っていた人の成績がこれって、笑わない方がおかしいと思う。

「そんなに笑うなら舞もやれよ」

「イヤでーす」

ヘラッと笑って、私は大志をその場に置いていく。

たくさん並んだクレーンゲーム機の前を通ったところで、私はふいに足を止めた。

まん丸ふわふわな、手のひらサイズのペンギンたちがコロコロとした様子で入っている。

「なに、これがほしいの？」

なんとも言えない愛くるしさにくすっと笑っていると、あとから来た大志がそれをのぞきこんだ。

「うん、かわいいこれ。大志取れる?」

「ん。余裕《よゆう》」

試しに頼むと、案外すんなり取ってくれようとする大志。

絶対に無理だと思ったのに、意外にもそのペンギンくんは一発で持ちあがって……。

――ガコン。

「ほら」

「わっ、ありがとう!」

私の手もとにかわいいペンギンくんがやってきた。

「えへへ、かわいい」

「気に入ったならよかった」

ペンギンくんをながめる私から、なぜかふいっと目をそらす大志。

その耳が少し赤い気がしたのは気のせいだろうか。

「もういい時間だし、昼飯食いに行こうぜ」

「あ、いいねー」

時計を見るとちょうどお昼どきになっていた。

このショッピングモールには、フードエリアがある。

そこに向かった私たちは、手っ取り早く一番空《す》いていたオムライス屋さんに入った。

「もう無理、腹破裂《はれつ》する」

「Lサイズなんか食べるからでしょ」

お店を出たときには、大志のおなかはパンパンだった。

私はSサイズでちょうどよかったけど、バカな大志は自分の限度を考えずMを通りこしてLサイズを頼んだから。

せっかくかっこいい顔してるのに、本当こいつはおもしろいほどにバカだ。

……なんて、そんなこいつが好きな私こそバカなんだけどね。

「次はどうする？」

「んー」

「なに。まさかのおなかいっぱいで動けないパターン？」

図星なのか、私のその言葉に大志は気まずそうに目をそらす。

「仕方ないなぁ。じゃ、ゆっくり歩いてモール内見てまわろうよ」

「ん」

結局私たちは、その日一日、このショッピングモールで過ごすこととなった。

服や雑貨を見て、ひたすらブラブラとまわる。

「どっちが似合うと思う？」

「んー、こっち」

気になるお店があれば入り、お互い服をあてがって似合うものを探した。

「舞」

「ん？」

「……ん」

不意に、大志が手を伸ばしてきた。それは明らかに私の右手へと向かっている。

「調子は狂うけど、少しくらい……いいだろ」

「……なんか、デートっぽい」

「は？　ぽいじゃなくて、デートだっての」

大志のその言葉に、顔が熱くなったのは言うまでもない。

素直にその手を取ると、ギュッと握りしめてくれた。


「ねぇ、大志」

「ん？」

あっという間に夕方になって、私たちは帰路を歩く。

今日は、デートだから。

初めての、好きな人とのデートだから。

「私、結構いま幸せだよ」

少しくらい、素直になってみようと思う。

「……んだよ急に」

「なんとなく、大志にいま思ってることを知ってもらおうと思って」

「あー、マジで不意打ち勘弁」

私の言葉があってなのか、ふいっと顔を反対側に向けた大志の耳が赤い。

え、なにそれ。私にそんな反応してくれるの？

いままでは考えられないこの状況に、自然と顔がにやける。

「なーに照れてんのよっ」

「うっせ！　お前がいきなり変なこと言うからだろ」

「変なことって、失礼だなー」

焦る大志と、へヘッと笑う私。

あぁどうしよう。いま、すごく幸せだ。

「送ってくれてありがとう」

「ん」

そしてその時間は、あっという間に終わってしまう。

いままでとはまた少しちがう、寂《さみ》しいという感情。

恋人になれたからなのか、少しその気持ちが大きくなっていることに気がついた。

私って欲張りだなぁ、なんて思いながら、そう思っている自分のいまの状況がうれしかったりする。

「舞」

「ん？」

さっきまでの照れていた表情から一変した、真剣《しんけん》で、それでいて優しい瞳《ひとみ》が私をとらえる。

「いまの幸せがちっぽけに思えるくらい、俺、お前のこともっともっと幸せにしてやるから。誕生日も、クリスマスも、全部全部、俺が最高の思い出にしてやる」

「大志……」

思わず、涙《なみだ》が浮《う》かんだ。

あぁ、私、大志と付き合ってるんだ。

そのことがすごく現実味を帯びた。

「じゃあ、また明後日な」

「うん。帰ったら電話してね」

「おう」

いつもの会話。いつもの別れ。
だけどなんだか、くすぐったい。
少しぎこちない初デートではあったけど、たくさん笑って、たくさんドキドキした。
これでいいんだよね。
私たちらしく、少しずつ恋人らしくなっていけたらと思う。
「ありがとね、大志」
小さな声でそう告げ、私は見えなくなるまで大志の背中を見つめていた。

なんでも話せる人

「大志、今日私バイトだから先帰るね」

「おう、気をつけてな」

「うん、ありがとー」

放課後になり、私は大志に断ってひとり教室を出た。

今日はバイトだから私たちは一緒に帰らない。

大志がCATのパンを食べたいというときは一緒に行くけど、バイト先は私と大志の家とは反対方向のところにあるからそう頻繁《ひんぱん》なことではない。

「おはようございまーす」

「おう、舞ちゃん。学校お疲《つか》れさん」

CATに着くと、厨房から店長が顔をのぞかせてあいさつをしてくれた。

店長も職人さんもほかのスタッフも、みんないい人ばかりのここは、私の大好きな空間だ。

だから、どうしても言えなかった。

「かわいいねぇ、舞ちゃん。ねぇ、そろそろ僕とのデート許してくれない？」

「……すみません。いま仕事中ですので」

ひとり、面倒なお客さんがいることを。

一週間くらい前から急に現れた、この藤田《ふじた》という男のお客さん。

べつに名前は知りたくて知ったわけじゃない。それに教えたわけでもない。

勝手に名乗ってきて、ＣＡＴのみんなが私を呼ぶ〝舞ちゃん〟を聞いて勝手に呼んできているだけだ。

私とそんなに変わらないくらいの小柄な体型で、見た目的には三十代後半くらいだと思う。

ただひたすら、ニヤニヤしながらこちらに話しかけてくるんだ。

あまり大きなお店ではないから、基本的にバイトはふたり体制。バイトの仕事は主に接客と販売で、パン作りは社員の職人さんが厨房でやっている。

私は一番バイト歴が長いことからバイトリーダーをやっていて、そのため立場上ホール全体を見わたさないといけない。

つまり基本的に販売を行うレジ作業をやることがなく、常にホールスタッフとして動く必要があるんだ。

だから、私がこの人の相手をするしかない。

「まーいちゃんっ」

「あはは……」

表情筋がおかしくなりそう。

なんで私なんだろうとずっと思っているけど、答えを出すとすればひとつ。

私がこのお店の最年少だから。それしか思い当たらない。

ここは大学生のバイトが多く、お昼は主婦の人。

高校生は私と、半年前に入った同い年の松永晴人《まつながはると》くんだけ。

もちろん藤田さんにそんな趣味《しゅみ》がない限り、ターゲットになるのは私なわけで。

お願いだから早く帰って……。

そう願うほかなかった。

「すみませーん」

「あ、はーい！」

ほかのテーブルのお客さんに呼ばれて内心ホッとする。

やった、離れられる。

あとはただひたすら、藤田さんをかわして働く時間が続いた。しかし。

「舞ちゃん、お水もう一杯もらおうかな」

「……かしこまりました」

今日の藤田さんは、なぜか特別しつこかった。

来て最初に注文したサンドイッチとコーヒーはもうとっくになくなっているのに、水だけで粘《ねば》ること二時間。

「ね、桐原さん。あのお客さん長くない?」

「やっぱり松永くんもそう思う?」

今日のシフトが同じである松永くんも、さすがに不審《ふしん》に思い始めているようだ。

けれど、どうしても言えなかった。あの人の視線が気持ち悪い、だなんて。

だって、自意識過剰みたいになるし。

それになにより、CATの人に迷惑《めいわく》をかけたくないから。

お客さんとのトラブルなんて、イヤでもまわりを巻きこんでしまう。

だから松永くんにバレないようにして、私は藤田さんのところへ水を注ぎに行った。

グラスを手に取った瞬間、なにかが私の太ももにスーッと触れる。

全身に鳥肌《とりはだ》が立って、一瞬なにが起こっているのか理解できなかった。

「舞ちゃん」

耳にいやらしく私の名前を呼ぶ声が聞こえて、やっとのことでこの状況を理解する。

藤田さんの手が、私の太ももに触れている。

さわさわとなでられ、お尻《しり》の方へと上がっていくのが感覚で伝わる。

あ、やばいと思ったときにはもう遅かった。

気持ち悪い。

なのに、体がまったく動かない。

レジにいる松永くんからは死角で見えないよう、テーブルの陰《かげ》から手が伸びている。

バレないと知ったうえでやっている。

わかっているのに。頭ではいまの状況を理解できているのに、どうしても体が動かない。

気持ち悪くて吐《は》きそうだ。

——カランカラン！

そのとき、お店の扉《とびら》が開く音がした。

ハッとしてとっさに手に持ったままの水入りのコップをひっくり返す。

「うわっ」

藤田さんが驚いて手を離した隙に、私はその場を離れた。

レジに逃《に》げこんで、松永くんに話しかける。

「あのお客さん、お水こぼしちゃったみたい。ふきん出してあげてくれる？」

「あ、うん。了解」

松永くんもよくわかっていないまま、私の指示でレジから離れてふきんを藤田さんに届けに行く。

それを横目で確認しながら、私はいま来たお客さんの対応をした。

……まだ足に感触《かんしょく》が残ってる。

手も震《ふる》えていて、うまくレジのボタンが押せない。

それでもなんとかそのお客さんの対応を終えると、私は松永くんにワガママを言って藤田さんが帰るまでホールの接客をお願いした。


「桐原さん、大丈夫？　なんか顔色悪いけど……」

「えっ？　あ、うん、大丈夫だよ！　じゃ、お疲れ様！」

やっとバイトが終わってもまだ顔色が悪いらしい私は、帰り支度のときに松永くんに心配されてしまった。

CATのバイトのメンバーの中で一番仲がいい松永くんは、よく私の相談にのってくれている。

でもこれに関してはさすがに、松永くんを含《ふく》め同じ職場の人には言えない。

松永くんに別れを告げてお店の裏口から出た私は、すぐにスマホの着信履歴《りれき》を開いてコールボタンを押した。

「お願い、出て……っ」

もう藤田さんはいないとわかっているのに、いつもの夜道ですら怖くて足を進められない。

『もしもし、舞？　もうバイト終わったのか？』

電話に出たその声を聞いた瞬間、力が一気に抜けた。

必死に我慢していた涙が、タガが外れたかのようにあふれだす。

「た、いし……っ」

『え、舞？　どうした？』

「大志……っ」

私は大志の名前をひたすら呼んだ。

「お願い……迎えに来て……」

素直になれないとか、いまはそんなこと言っていられない。

ただ、怖くて怖くて仕方がない。

大志に会いたい。

『舞、いまどこにいんだよっ？　いま行くから、絶対電話切るんじゃねーぞ！』

私の声からなにかを察知してくれたんだろう。

電話の向こうでバタンと音がしたかと思えば、走る音が聞こえた。

それを聞いて少し安心しながら、私はいまだに震える手を必死に抑《おさ》えて、大志の姿が見えるのを待つ。

「舞っ！」

大好きな人の声が聞こえたのは、それから数十分後。

汗《あせ》だくになって走ってきた大志は、私を見つけるなりギュッと抱きしめてくれた。

「舞、大丈夫か⁉」

焦ったように私の顔を確認する大志。

あぁ、大志だ。大志がいる。

「……うん、いま大丈夫になった」

大志が来てくれただけで、もうなにもかもが解決したかのように思える。

へへッと笑ってみせると、大志はなぜかムッとした顔を見せてコツンと私の額を小突いた。

「無理して笑うなって。バレバレなんだよ。手震えてるし」

「そ、そんなこと……」

体が離れたと思うと、次は手を握ってくれる。

気持ちは落ち着いたはずなのに、その手はまだ密かに震えていた。

「ほら、もう大丈夫だから。とりあえずそこの公園にでも行こう？　な？」

「ん」

小さい子をあやすように、大志は私に優しい言葉をかけて、手を引いて近くの公園へと入る。

ベンチに腰かけると、つないでいた手はさらに強く握られた。

「なにがあったか、聞いてもいいか？」

遠慮がちに向けられる視線。

まったく。バカのくせに気とか使って。

けれど、いまはその遠慮がありがたい。

とっさに大志を呼んだわりには、どう説明すればいいのかわからなかった。

お客さんからセクハラにあった、とか……？

言いまわしをぐるぐると考えても、うまい言葉が見つけられない。

「その……ね、たいしたことじゃないんだけど」

「うん」

一度息を吸って、吐く。

手に感じる大志の体温に安心しながら、私はゆっくりと口を開いた。

「先週くらいから、毎日お店に来る男のお客さんがいて。その、すごい見られてたんだけど」

「うん」

私の話に、大志の表情がみるみるゆがむ。手にも力が入っていた。

「名前もバレてて、デートしようとかも言われてて……」

どんどん声が小さくなる。

けれど、大志には言わないと。

大志は、私にとってなんでも話せる一番の理解者だから。

「今日、触られちゃって」

「は？」

「なんて言うか、セクハラみたいな、痴漢《ちかん》みたいな？」

はは、なんて笑ってみようとするけどうまく笑えてないことくらい自分でもわかる。

案の定それは大志にもバレていて、「笑うな」と制された。

「なに、どこ？」

「太もも、だけど」

「だけ？」

それ以上は口にしたくなくて、言葉をのみこむ。

「ん、わかったよ。言わなくていい」

私の無言ですべて理解したらしい大志は、それ以上聞いてこない。

その代わりに、もう一度ギュッと体ごと抱きしめてくれた。

「ちゃんと言えよ、バカ。素直に『助けて』って」

「……ん」

「お前はいつも我慢しすぎ。先週から見られてたなら、もっと早くSOSを出せ」

ポンポンと頭をなでられる。

同じ男の人なのに、大志だとこうも安心できるんだ。

ただただ、この温もりが落ち着く。

「……大志」

「ん？」

「ありがと」

「おう」

規則正しく、大志の手が私の頭をなでる。

「舞、次のバイトいつ？」

「……明日」

聞かれたので素直に答えると、なにを考えているのか大志は黙りこんだ。

「明日は俺も行く。CAT」

「えっ？」

優しい大志のことだから、藤田さんから守ってくれる気なんだ。

明日も藤田さんが来るなんて保証はどこにもないのに。

「どーせ店に迷惑かけたくないからって誰にも言ってないんだろ？　舞のことだから言う気もなさそうだし。だったら、俺が守ってやるから」

あぁ、もう。

どうしてこうも私のことをわかってくれるんだ。大志のくせに。

大好きすぎるよ。

「頼もしいね」

「まぁな。俺、舞の彼氏だし」

「ふふっ」

「おい、いま笑うとこか？」

おかしいわけじゃないのに、なぜだか笑いが込みあげる。

安心したんだよね、きっと。

幸せなんだ、ものすごく。

「大好き、大志」

「だからお前なぁ……。不意打ちやめろって」

「えへへ」

そのあといつものようにくだらない話を少ししてから、大志は私を家まで送ってくれた。

そして、やってきた次の日の放課後。

「舞ちゃん」

「……いらっしゃいませ、藤田さん」

藤田さんは、いつものようにニヤニヤと笑いながらお店に入ってきた。

昨日の今日でも来るこの人の神経を考えると、相当《そうとう》図太いとさえ思えてくる。

藤田さんを席に案内したあと、水を注ぎに行くふりをして、厨房に一番近い窓側の席へ向かう。

「大志、あの人」

「ん。わかった」

その席に座る大志に藤田さんの存在を教えると、一瞬だけだけど鋭《するど》い殺気が大志を包んだ。

え……っ、大志……？

見まちがいでも気のせいでもない。

あの普段ヘラヘラと笑っている大志が。バカな大志が。

……怒っている。

それだけはイヤってほど伝わってきた。

いままで見たことがなかった、大志の鋭い表情。

ケンカすることはあっても、こんな顔を見るのは初めてだった。

怒ってくれているんだ。私のために。

普通なら怖く感じるその一瞬の表情も、自分のためだとわかっているからうれしくさえ思える。

「舞、大丈夫だから」

「え？」

それから、大志は私に目を向けて笑ってくれた。

「絶対なんとかしてやるから。だから、そんな震えんな」

無意識に震えていた私の手を、大志の手が包む。

なんで、こんなに安心できるんだろう。

私の中で大志がいままで以上に大きな存在になっていることを認識せざるを得なかった。

「ご注文は？」

「それよりさ、いつ空いてるの？　舞ちゃん」

平静を装って藤田さんの席へ注文を取りに行くと、案の定始まる藤田さんからのお誘い。

昨日水を被ったくせによく飽きないなと、逆に感心するほど。

「ですから、いまは仕事中ですし」

「えーいいじゃんそれくらい」

お願い、とニヤニヤしながら頼まれたところで、私がＯＫするわけがない。

気持ち悪い。寒気がする。

「とりあえずご注文を……」

「僕、舞ちゃんがいいな」

その声に、セリフに、恐怖《きょうふ》と嫌悪《けんお》が押しよせた。

「……ご注文がお決まりになりましたらまたお呼びください」

とにかく、いまはもう無理だ。

そう思ってその場を離れようとしたそのとき。

「まーいちゃんっ」

藤田さんの手が、私の手首を捕《つか》まえた。

ゾクリと、すべての意識がその手首に集中する。

触られているのは太ももじゃないのに、昨日の気持ち悪さを思い出して足が震えた。

「ね？　僕とデートしようよ」

「あの……、やめ……」

あぁ、ダメだ。

もう声すらまともに出ない。

泣きそうになるのを必死で抑えながら、チラッと大志が座っている席を見ようと顔を向ける。

が、それよりも先に。

「い、たたたっ！」

藤田さんの悲痛な声が聞こえたと同時に、つかまれた手首が解放された。

「人の女になにしてんの？　おっさん」

そして聞こえた、大好きな人の声。

見れば、大志が藤田さんの手をひねりあげていた。

よほど痛いのか、藤田さんの顔がゆがんでいる。ギリギリと力が込められているんだろう。

「なに、いい大人が恥ずかしくないわけ？　よくも舞を泣かせてくれたな」

初めて聞く大志の低い声に、私ですら少し怖かった。

「ちがっ、僕はべつに」

「あ？」

まわりのお客さんや同じホールの子……全員の視線が集まる。

それもあってか、藤田さんは焦ったように「ちがう」と言いはった。

「この店、防犯カメラついてるの知らないんだ?」

「なに……!?」

「調べれば映ってるだろうね。いまのことも、……昨日のことも」

ふっと不敵に笑う大志に、藤田さんの顔はどんどん青ざめていく。

痛めつけているのは大志だけど、いまの話を聞いていれば誰が悪いかは明らかだ。

「この店にも舞の前にも、もう二度と現れるな」

次は警察に突き出す、と。

大志がそう言い放った直後、藤田さんはそそくさとお店から出ていった。

「よし、これで解決だな」

そんな藤田さんの後ろ姿を見届けると、大志は振り返ってヘラッと笑いながら私を見る。

「……バカ」

「んだよ。そこは〝ありがとう〟だろ?」

さっきの低い声とは全然ちがいすぎるその笑顔に、思わず私はかわいくない言葉を口走る。

だってこんなの、ズルすぎるよ。

かっこいい、なんて言葉じゃ片づけられない。

「……ありがと、大志」

「ん。どういたしまして」

やっとのことでお礼を言うと、大志はポンと私の頭をなでてくれた。

その後、店内から拍手喝采《かっさい》が起きたことは言うまでもない。

「にしても、〝防犯カメラ〟なんて嘘、よく思いついたよね」

「いやー、あのおっさんもよくだまされてくれたよな」

ヘラッと笑う大志に、私もつられて笑う。

それ以来、藤田さんがＣＡＴに現れることはなかった。

Chapter 3*

ほかのやつのことなんて考えるなよ

「舞ちゃーん、ちょっといい？」

「はーい」

土曜のバイト中。

今日は朝から夕方までの長めの出勤で、私は稼《かせ》ぐ気満々だった。

そんな私を、厨房から店長が呼ぶ。

藤田さんのことでは、店長にも、ほかの職人さんやスタッフさんにも『気づかなくてごめんね』と謝られた。

本当、私はいいバイト先に恵まれたと思う。

「店長、なんですか？」

「あぁ。悪いね、急に呼んで」

厨房に入ると、店長の横に知らない男の人がひとりいた。

大学生だろうか？

背が高く、ブラウンの髪色のその人は、少しかっこよく見える。

「今日からバイトで入った加賀冬樹《かがふゆき》くんだ。今日は舞ちゃんと同じ五時までいてもらうから、いろいろ教えてやって」

「わかりました」

店長の言葉にうなずくと、「よろしく」と店長は仕事に戻っていく。

「桐原舞です。えっと、とりあえずホールに行きましょうか」

「あ、はい」

いつまでも厨房にいるのもあれなので、すばやく自己紹介を済ませてホールへと出る。

午前のホールスタッフはパートのおばさま方が多いため、とりあえずオーダーの取り方だけを教えることにした。

「とりあえず、こんな感じでやってください。大丈夫そうですか？」

「うん。大丈夫です」

語彙《ごい》の少ない私の説明でも加賀さんは理解してくれたらしく、優しく笑う。

さわやかだなぁ。

誰かさんとは大ちがいな、大人の雰囲気。

「あ、加賀さん普通にタメ口でいいですからね？　私の方が年下ですし」

当たり前のようにそう言うと、加賀さんは驚いたように目を見開いた。

そう言われることが意外だったんだろうか。

「ここ、私が一番年下なんですよ。あとは松永くんっていうもうひとりの最年少もいるんですけどね。バイト歴は私が一番長いのでバイトリーダーをやってますけど、ほかの方もタメ口なので」

だからどうぞ、と言うと、加賀さんは「じゃあ遠慮なく」と私に敬語を使うのをやめた。

個人的にもその方が楽だ。たかが高校生に、立場を気にして年上の人から敬語を使われるのはやりにくい。

「じゃ、実際に接客やってみましょうか」

その日、私は加賀さんにつきっきりで仕事を教えることになった。


「舞、帰るぞー」

「あ、ごめん。私今日バイト」

「は？　また？」

今月は、なぜか多くシフトが入っていた。

だから放課後になって大志が誘いに来ても、私は断らざるを得ない。

私だって大志と帰りたいのに。

「最近舞バイトばっかじゃん。つまんねー」

「ごめんね」

そうは言っても、私がいないとつまらないと大志が言ってくれたことがうれしかったのは内緒。

「あ、じゃあ今日は俺もCAT行こうかな」

「え、本当っ？」

「ふはっ、すげーうれしそうな顔」

思わず反応して、素で喜んでしまった。

大志のおかしそうに笑う姿に、少し顔が赤くなる。

「かわいいねぇ、舞ちゃん」

「うっさい！」

よしよしと頭をなでられ、真っ赤であろう顔で反抗《はんこう》したが、大志はうれしそうにクスクスと笑うだけだった。

「仕方ないから、最近一緒に帰れてないお詫《わ》びとして私が紅茶でもおごってあげましょう」

「お、まじっすか？　舞ちゃん太っ腹だねぇ」

「今日だけ特別ね」

そんな会話をしながら歩く、バイトへの道。

となりに大志がいるだけでこうも楽しくなるなんて、私はどれだけこいつが好きなんだろう。

「おはようございまーす」

「おはよう、舞ちゃん。お、今日は大志くんも来たのか」

「こんちわ」

CATに着くと、いつものように厨房から店長がひょっこりと顔を出す。

私が一年の頃から一緒に来ていたからか、店長も大志の存在を知っていた。

ちなみに私がバイトで一番仲よしの松永くんも大志と仲がよくて、よくしゃべっているのを見かける。

そういえば今日のシフト、誰だったかな。

松永くんだったら、大志喜ぶよね。

「大志くん。いつもの席、空いてるよ」

「お、ラッキー」

店長に促《うなが》されて、大志は厨房に近い窓側の席へと腰を下ろす。

私は私で、厨房奥のロッカーに荷物を置きに行った。

「あ、おはようございます」

「おはようございます」

ロッカーのところで、加賀さんに会う。

そっか。今日は加賀さんとのシフトだったんだ。

松永くんかな、なんて思っていたのがなんだか申し訳ない。

「またよろしくね」

「はい、お願いします」

けど、ふわっと笑う加賀さんの笑顔を見て私も思わず笑う。

本当、この人の笑顔はさわやかだ。

それに仕事もよくできるみたい。まだそんなに回数は入っていないはずなのに、もう業務内容のほとんどを覚えているし。

「まだ仕事でなにか不安なこととかありますか？」

「うーん。レジかな。クーポンがややこしくて」

「あぁ、あれ紛らわしいですよね。じゃあ今日はレジお願いします。私ホールやるので。なにかわからないことがあったら聞いてくださいね」

「うん、ありがとう」

今日の割り振りを決め、準備を整えてふたりでホールへと出る。

「桐原さんってしっかりしてるよね」

「あはは、そうでもないですよー」

そんな会話をしていると、なにか視線を感じた。

ふっとそちらに目を向ければ、テーブルに肘をついてなぜかムスッとしている大志の姿。

「なによ、そんな不機嫌《ふきげん》になって」

「誰、あいつ」

加賀さんにレジを任せて大志のところへ向かうと、こいつは不満げに加賀さんのことを聞いてくる。

めずらしい。大志が松永くん以外のＣＡＴのスタッフに興味を持つなんて。

「加賀さんだよ。先週末に入った人」

「ふーん」

自分から聞いてきたにもかかわらず、大志の返事はものすごく適当。

「今日の注文は？　ガーリックサンド？　チョコあんぱん？」

とりあえず話をそらそうと、注文を取ることにした。

「なんか糖分を欲してる」

「はいはい、じゃあチョコあんぱんね」

　さっさと注文を取ってそれを厨房に伝え、紅茶を注いだグラスを持って再び大志の席へと向かった。

「はい、どうぞ」

　コトッとテーブルに置くと「え？」と驚いたように顔を上げる大志。

　え、もしかしてさっきの会話のこと忘れてた？　こいつ。

「いらないなら下げるけど」

「や、いるいる！」

　私が下げる素振《そぶ》りを見せたら、あわてて叫んだ。

　よかった。いつもの大志の調子に戻ってる。

　さっき加賀さんのことを聞いたとき、どこか不機嫌そうだったから。

「桐原さん。ちょっといい？」

「あ、はーい」

　そのタイミングで加賀さんに呼ばれ、私はレジへ向かおうと足を向ける。

「舞」

　しかし大志が、それより先に私の手をつかんで制した。

「どうしたの？」

　まさかつかまれるだなんて思っていなかったから、一瞬心臓が跳ねる。

このバカが思ってる以上に私は大志が好きなんだ。

そんな急に触れられると、いちいちドキッとするからやめてほしい。

「舞は、俺の彼女なんだからな」

「え、うん、わかってるよ」

なにを言いだすかと思えば、そんなこと。

大志こそ、わかってる？

あんたの彼女になれて、どれだけうれしいか。

そんな私の気も知らずに、大志はなにを確認しているのだろう。

真剣で、けれど少し不安げに揺れた瞳が私を見つめる。

「頼むから、ほかのやつのことなんて考えるなよ」

つかまれた手にギュッと力がこもったのは、大志がそう言いはなったのとほぼ同時だった。

「え……」

すごく、意識してしまった。

だって、大志がそう言った理由に勘づいたから。

うぬぼれかもしれないけど、それでもうれしい。ドキドキする。

「ねぇ、大志」

「んだよ」

「ヤキモチ、だったりする？」

「はぁっ？　ち、ちげーし！」

試しに聞くと、わかりやすいくらいの反応をしてくれた。

それがうれしくて、思わずふふっと笑みがこぼれる。

大志が私のことで嫉妬《しっと》してくれる日が来るだなんて、夢にも思わなかった。

「……笑うなよ」

「えへへ、うれしくて」

ふいっと視線をそらす大志の耳は真っ赤。

それなのに私の手をギュッとつかんだまま離そうとしないから、このバカをかわいいとさえ思った。

「桐原さん」

「あ、いま行きます！」

加賀さんに再び呼ばれてハッとする。そうだ。私、呼ばれてたんだっけ。

「大志」

「……ん」

もういつまでもこうしてるわけにもいかないからと、私は名前を呼んでゆっくりと手を離してもらう。

それから私は、大志、ともう一度名前を呼んだ。

「私には、大志だけだよ。あんたがいればそれでいい」

「な、んだよ急に……」

それだけを言いのこして、私は逃げるように加賀さんのところへ向かう。

真っ赤になっているであろうその顔を、どうしても見せたくはなかった。

「あれ、なんか桐原さん顔赤い？」

「へっ？　あ、いや、ちょっと暑いなーと思って」

「そう？　あ、それでこれなんだけどさ」

加賀さんに聞かれて一瞬とまどいはしたが、なんとかその場をしのぐ。

それからすぐ質問に答えていた私は、大志がどんな反応をしているのかなんて知らなかった。

「……っ、ずりぃだろ、あれ。つーかどこでそんなセリフ覚えたんだよ……」

ましてや、顔を真っ赤にしてテーブルにうなだれていただなんて、知るよしもない。

「あ、莉里おはよー！」

「お、舞と大志くん。今日も仲よく桐カップルでご登校ですか」

「えへへー」

私と大志の関係も特に問題もなく良好。

ケンカもないし、少しずつだけど〝親友〟から〝恋人〟に成長してきてると思う。

「少しは謙遜《けんそん》しなさいよ」

案の定、莉里からはそんなツッコミをもらうし。

少し前の私なら『桐カップル』と呼ばれるたびになんだか恥ずかしくて動揺していたけど、いまはもうすっかり慣れた。

むしろ、『桐コンビ』と呼ばれていた頃よりも心地がいい。

「舞、これ教えて」

「ん？」

席に着くと、となりの席の大志がノートを見せてきた。

この前席替《せきが》えをしたにもかかわらず、私たちの距離は前後からとなり同士になっただけ。

クラスもずっと一緒な上にこの偶然は、もはや運命じゃないか……なんて、柄にもないことを思ってみる。

「これ基礎《きそ》の部分じゃん」

「いや、数学に基礎もなにもねーだろ」

「あるわ」

即答で鋭いツッコミを返し、私は再びノートに目を向ける。

ノートに書かれてるのは、関数の問題だった。私の得意な分野。

「まずここがちがうし」

「は？　なんで？」

「これは……」

朝のHRが始まるまでの短い時間で、手っ取り早く説明をする。

大志はバカなくせに勉強をよくする努力家で、私よりも成績はいい。悔しいけど。

でも、そんな大志も数学にはどうやったって勝てないらしかった。

だから毎回、数学だけは得意な私に解き方を聞いてくる。

これは、中学の頃からの安定のスタイル。

「で、こうなるわけ。わかった？」

「うーん、多分？」

「多分かい」

せっかくわかりやすく説明したつもりだったのに、どうやらこのバカには伝わっていなかったらしい。

「だーもう！　わっかんねぇ。舞、勉強会だ！」

「はい？」

挙げ句に、このバカは突拍子にそんなことまで言いだした。

こいつの考えはいつも、私の予想をはるかに上まわる。

「もうすぐ中間試験だろ？　それなのにこの出来の悪さはやばい。つーわけで、舞。お前明日俺ん家泊《と》まりに来い」

「うん、わかっ……はぁっ？」

思わず返事をしそうになって、なんとか止まった。

いまこの人、なんて言った？

『泊まりに来い』って、言ったよね？

たったいまの大志の発言を思い出そうと、必死に頭を働かせる。

「明日土曜だし、土日で勉強合宿すんぞ」

「え、本気で言ってる？」

「当たり前だろ」

どうやらそれは私の聞きまちがいではなく本気のようだ。

努力家なバカの考えることはよくわからない。

だって、泊まりって……。

いやでも、ドキドキと心臓が音を立てる。

これまでだって、お互いの家に遊びに行くことなんてよくあった。ご飯を一緒に食べることだって。

でも、いくらなんでも泊まりは初めてだ。

さすがは女たらし、と言うべきなんだろうか。

「……まぁ、べつにいいけど」

けれど、それがわかっていても私には断る理由がない。

土日ずっと大志といられるだなんて、そんなうれしいことある？

なんだかんだでバカだけど、私はそんなバカがずっと大好きだから。

「よし、決まりな。お前の苦手な英語は俺が教えてやるから任せろ」

それに、英語を教えてもらえるらしいしね。

「へぇ～。お泊まりするんだね、桐谷と桐原さん。なんの勉強会をするんだか」

「ちょっと、松永くん？」

「なーんて、冗談冗談」

その日のバイトは、松永くんとシフトが同じ。

大志と付き合い始めたことを知っている松永くんは、私の明日の話をニコニコと楽しそうに聞いていた。

「それにしても、よかったじゃん。いまこんなに幸せそうな桐原さんを見られて、僕もうれしいよ」

「あぁぁ、言わないでよ。恥ずかしい……」

「えー？」

ケラケラと笑う松永くんだけど、私はこの人にだいぶお世話になってきた。

CATの中で唯一《ゆいいつ》同い年の松永くんとは、彼がここに入ってすぐに打ちとけた。

最初は仕事の相談だったのが、いつの間にかお互いのコイバナをするまでに発展している。

「松永くんは彼女とお泊まりとかするの？」

「ん？　そりゃしますよ。僕たちずっとラブラブだから」

「はいはい、ご馳走様でーす」

松永くんには、もう付き合って一年以上の彼女がいる。

私が大志に片想いをしているときから、ずっと熱々だ。

「桐原さんは僕にたくさん報告してくれるのに、桐谷は全然してくれないんだよなぁ」

今日はお客さんがほとんどいないのをいいことに、私たちは手が空いたらおしゃべりタイム。

「そういえば、大志と松永くんって、いつも楽しそうになに話してるの？」

私はずっと気になっていたことを聞いてみた。

大志と松永くんが会うのなんて、私と松永くんのシフトが被って、なおかつ大志がCATに足を運んだときだけ。

会う確率は低いはずなのに、ふたりは着々と仲を深めていたから不思議で仕方なかったんだ。

「あー、あれ？　基本ずーっとバスケの話だよ。僕も中学でバスケしてたから、意気投合しちゃって」

「えっ、そうなの⁉」

驚いた。まさか、バスケの話だけであそこまで仲よくなっていたなんて。

「他校なのにあそこまで桐谷と仲よくなるとは思わなかったよ。いま考えたら、お互

い の連絡先《れんらくさき》も知らないしね」

そうは言いつつも楽しそうな松永くんを見て、ふたりの関係は素敵《すてき》だなぁと思う。

「じゃあ、明日初お家デートの桐原さんにひとつだけいいこと教えてあげる」

営業時間も終わって、無事に店じまいまで終わらせたとき、松永くんはニコニコしながら私に耳打ちしてきた。

「桐谷のやつ、一回だけ僕にのろけたことあるんだ。働いてる桐原さんを見ながら、『あいつが好きすぎて困る』って」

「へっ……!?」

とたんに顔を真っ赤にしたであろう私に「じゃ、いい休日を」だなんて言って楽しそうに松永くんは帰っていく。

な、なにそれ……っ。

大志がそこまで想ってくれていたという新事実を知った私は、明日が少しの緊張と楽しみでいっぱいになった。

「お邪魔《じゃま》しまーす」

「どーぞー」

そしてやってきた次の日の土曜日。

私は少しだけ大きい荷物を持って大志の家へとやってきた。

この家に来たのはもう何回目なのか覚えていない。

それくらい、私たちはお互いに親友の頃から行き来している仲だった。

「あれ、おばさんは？」

「あー……」

いつもなら私が来たらかならず玄関でお出迎《でむか》えしてくれる、大志のお母さん。

それなのに今日は大志しか出てこないものだから尋《たず》ねると、なぜか歯切れが悪そうに視線をそらした。

「今日、帰ってこないって」

「……え？」

聞きまちがい、だろうか。

でも大志の様子からして、決してそんなふうには思えない。

「おじさんは……」

「帰ってこない。つーか、ふたりで土日で出かけた。知り合いの結婚式《けっこんしき》があるとかで」

もう、開いた口がふさがらなかった。

心なしか心拍数《しんぱくすう》が上がってる気がする。

大志も口数が減ったことから、この状況はどうやら理解できているらしい。

今晩、私たちはふたりっきりだと。

昨日の松永くんに教えてもらったことを思い出して、心臓が余計にうるさい。

「と、りあえず、勉強しよっか？」

「あぁ……そうだな」

その事実を考えたくなくて、話をそらす。

私たちは、今晩のことを忘れるかのように勉強に集中した。


「舞、晩飯なにがいい？」

「え、大志が作るの？」

「おう」

時間はあっという間に過ぎて、夕方の六時になっていた。

ふたりで一階のリビングへ向かうと、大志はキッチンに入る。

意外だ。大志がキッチンへ立つなんて。

「……んだよ、その〝意外〟って顔は」

「あ、バレた？」

「ったく、料理くらいできるっての」

ふてくされた表情の大志。

それがなんだかかわいくて、思わずくすっと笑う。

勉強に集中していたせいか、もう来たときのような緊張はすっかり解けている。

「で、おそばなんですね」

「うるせー。材料がなかったんだよ」

結局大志が作ってくれたのはおそば。長ネギと鶏肉《とりにく》がごろっと入っている。

「あ、おいしいっ！」

「だろ？」

食べてみると、少しバカにしていたそのおそばは意外にもおいしかった。

……意外と言ったら失礼か。

「料理できるんだね、大志」

「は？ なめんなよ。猫舌の誰かさんのために熱々を控《ひか》えるほどの腕だぞ」

あ、それはありがとう。スマホで作り方を調べていたことには触れないでおこう。

でも、顔がよくて頭もいい大志が料理までできると知られれば、ほかの女子たちからの人気がさらに上がるなぁと考えて、不意に嫉妬心が湧《わ》きあがる。

「大志」

「ん？」

「ずっと私のこと好きでいてくれるよね？」

「……は？」

勝手に自分の中で考えて、思わず口にしていた。

案の定、大志も驚いている。

「んだよ、急に」

「ね、答えてよ」

せっかく口にしたことだ。たまには大志の言葉も聞きたい。

「……だろ」

「聞こえない」

「だーもう、お前めんどくさい。当たり前だって言ってんの！」

最初は小さかったその声は、二回目にはハッキリと聞こえた。

真っ赤になっている大志とその言葉に、満足してふふっと笑みがこぼれる。

「お前こそ、俺のことどう思ってんだよ？」

「へ」

「ほら、言ってみ？」

けど、今度は大志が負けじと私に意地悪な笑みを浮かべて聞いてきた。

ズルい。

今度は私の顔が熱くなる。

「舞ちゃん？　ほら、俺のことどう思ってんの？」

「……バカ」

「聞こえませーん」

ニヤニヤと楽しそうに笑う大志は、本当にムカつく。

なによ。さっきまで真っ赤だったくせに。

「バーカ。大志のバーカ」

「はいはい。照れないで言えって」

「……ほんっと、ムカつく」

「知ってる」

いま私がどんな気持ちなのかも、きっとこいつにはお見通しなんだろう。

私、すぐに顔に出るみたいだし。

ただでさえ付き合いの長さでバレバレだというのに。

「好きだよ」

「ん。俺も好き」

やっと言えたと思ったら、大志もサラッと同じ言葉を返してくる。

「よし、んじゃ俺は先に風呂《ふろ》入ってくるわ」

「はっ？」

そして、さっさと食器をシンクに置くと洗面所へと消えた。

おかげで、リビングにポツンと取りのこされた私。

「言い逃げ……？」

よって、頭は大混乱だった。

言わせるだけ言わせておいて、『俺も好き』って。

少しズルくはないだろうか。

「大志のバーカ」

なんだかムカつくから、本人のいない隙に悪態をついておいた。

「だーかーらー、これは場合分けするの！　じゃないと答え大変なことになるでしょ？」

「はぁ？　場合分けなんてやる意味がわかんねぇよ！」

「わかれっ！」

それから二時間後。

大志のあとに私もお風呂に入り、私たちは大志の部屋で再び勉強を始めていた。

いまは数学の時間。

さっきから同じことを教えているのに、このバカにはまったくそれが通じない。

手を焼くばかりだ。

「なんでほかの教科はできるのに数学だけバカなのよ」

「は？　英語バカの舞に言われたくないんだけど」

「そこまでバカじゃないし」

おかげでいつものお泊まりだという自覚がまるでない。

カップルのお泊まりだという自覚がまるでない。

「じゃあアルファベット順で〝T〟の次は？」

「ん－……、〝S〟」

「はい、バカ決定」

ケラケラと笑う大志の背中をバシッと叩く。

教えやすいからという理由で、ラグの上のテーブルに対してとなり同士に座ってい
るから、とっても叩きやすい。

「いってー、この暴力女」

「いまのは大志が悪いもんねーだ」

べっと舌を出せば、大志もムッとして負けじと私の髪をワシャワシャとなで始める。

「ちょ、やめ……っ」

「よーしよしよし」

まるで犬をかわいがるかのように、楽しそうにワシャワシャする大志。

抵抗《ていこう》しようと大志の着ているTシャツを引っぱろうとした、そのとき。

「おい、バカやめ……っ！」

バランスを崩《くず》し、そのまま私たちはラグの上に倒《たお》れこんだ。

とっさに手をついた大志と、その下に仰向《あおむ》けになっている私。

さっきまでの楽しい雰囲気とは一変。沈黙《ちんもく》が襲う。

「……ど、どいてよ」

シンと静まった部屋に、私の声だけが響《ひび》いた。

「……大志ってば！」

顔がどんどん熱くなる。

ドキドキしすぎて、おかしくなりそうだ。

必死にどくように頼んでも大志はなにも言わないし、動こうともしない。

ただジッと、私を見つめるだけ。

「舞のアホ」

「は……？」

かと思えば、私の悪口を言いだした。

「もう限界。お前あおりすぎだから」

「なにが……んんっ」

そして私の言葉を待つ前に、口がふさがれる。

「そば食べながら変なこと言ってくるし、部屋着エロいし」

「な、なによ、それ」

「それに、風呂上がりにこんな短パンありえないから。そのTシャツも胸もとが開きすぎ。前屈みになったら普通に見える」

至近距離でそんなことを言われて、さらに顔が熱くなる。

え、エロいって……、普通にショーパンにTシャツ着てるだけなんだけど！

言い返そうと口を開こうとしても、それを阻止《そし》するかのように大志からキスが降ってくる。

「あと」

「な、に……」

「舞から俺と同じシャンプーのにおいすんの、すげーそそる」

そして、フッと不敵に笑った。

なに……、この状況。

冷静に頭を働かせようとしても、まったくと言っていいほどうまくいかない。

ただ、私の上に大志がいる。それだけはわかる。

「舞、今日の勉強はここまでにしよっか」

「へ？」

「もう俺、いますぐお前がほしいんだけど」

「なっ……。そ、それって……」

スッと、Tシャツの中に大志のひんやりとした手が入ったのがわかった。

くすぐったくて、恥ずかしくて、思わずビクッと体が反応する。

大志なのに。

相手はあの、いつもバカやってる大志なのに。

私はこいつに、もう翻弄《ほんろう》されていた。

「た、いし……」

「なに？」

キュッと大志のTシャツをつかんで名前を呼ぶ。

もう、私だってこのドキドキを止められない。

恥ずかしくてたまらないけど、私も大志がほしい。

けれど、ひとつだけ。

「私……、初めて、なんだけど」

「……は？」

その事実を告げると、大志は驚いたように目を丸くした。

「マジ？」

「マジです」

信じられないのか、もう一度聞かれる始末。

あぁもう、恥ずかしくて死にそうだ。

「お前、何人も彼氏いただろ？」

「いた、けど……手つなぐ以上のことは……」

「は？　キスもしてなかったわけ？」

大志の言葉に、コクンとだけうなずく。

だって、中一からあんたのことが好きだったんだもん。

近づきたくていろんな人と付き合ってきたけど、大志以外の人とキス以上なんてできるわけがない。

だから、付き合った日にこの部屋でしたキスがファーストキスだ。

「んだよ、それ……」

「引いた？」

大志の考えてることがわからなくて不安になってくる。

なにもかもが初めてだなんて、面倒くさいだろうか。

「いや、その逆」

「え?」

なにかを言った気がしたけど、聞きとれなかった。

上にいた大志が起きあがり、倒れていた私の体を起こす。

「舞、こっちおいで」

そして、次はベッドの上へと押し倒された。

ギシッと大志の体重もベッドにかかる。

「じゃあ、キス以上のことは全部、俺が初めてなんだ?」

「……うん」

あらためてそう言われると恥ずかしいけれど。

私は、ずっと大志だけが好きだったから。

「……んっ」

「ヤバい、すげーうれしい」

ゆっくりと、大志からのキスが降ってきた。

「優しくするから」

「う、ん……」

額、頬、耳、首筋……唇《くちびる》。

次々とキスが降ってきて、すべてが甘くとろけそうになる。

「大志、好き……っ」

「……っ、本当ずりぃ。俺だって好きだよ」

その夜、私は大志から甘い痛みを教わった。


「……い、まーい」

「ん……」

「起きろって」

目が覚めたのは、次の日の朝だった。

ボヤボヤとしたあいまいな視界の中で、目の前に微笑《ほほえ》む大志が映る。

「おはよ、舞」

「ん……。おはよ……って、えっ!?」

いつかの日のように一瞬にして目が覚めた私は、思わず飛びおきた。

「ふはっ、そんなにあわてんなって」

「ちょ、ちょっと待って！　私昨日……」

「昨日はどーも。かわいい舞がたくさん見られたよ」

大志のその言葉に、表情に……姿に、思わず顔が熱くなる。

「とりあえず服着れば？」

「い、言われなくてもそうします！」

「ははっ、必死」

おかしそうに笑う大志に、すぐそばにあった枕《まくら》をバシッと投げつける。

「いってー、なにすんだよ！」

「ばーかっ！」

そして幼稚《ようち》なことを叫びながら、私は枕もとにご丁寧《ていねい》にたたんであった服をあわてて身につけて逃げるように部屋を出てリビングへと向かった。

「まーいちゃん」

「く、来るの早いって！」

が、同じ屋根の下にいる以上、大志もリビングへと降りてくるわけで。

「あ、今朝のご飯はオムレツがいいな」

「なに、また俺に作らせる気？」

思わず、ドキドキをごまかすかのようにそう言った。

「私も手伝うって。お味噌汁くらいなら作れるよ」

「組みあわせ微妙じゃね？」

「いーから、いーから」

背中を押して、ふたりでキッチンへと入る。

昨日のことでドキドキはするけど、幸せだった。

いまさらだけど、大志と本当の恋人になれた感じがする。

「あ、やべ！　こげた！」

「あははっ、バーカ」

私はいままさに、幸せの絶頂にいる。

そのことを少しも疑うことなく、私はこの幸せな時間に心の底から浸《ひた》っていた。

幸せと少しの罪悪感

「大志ー、テストどうだった？」

「ん？　バッチリ」

「うわ、嫌味」

とある日の昼休み。俺は、となりの席に座る舞から声をかけられた。

四時間目に返されたこの前の中間テストの得点通知表。

俺の結果は、学年平均で上の中。

「そういうお前はどうだったんだよ？」

聞いてくるだけで自分の結果は言わない舞を問いつめると、彼女は「ん」と自分の通知表を差し出してきた。

「ふはっ、さすが」

「もー、笑うな！」

その結果を見て思わずふき出した俺。すると舞が怒ったように背中をバシバシと叩いてくる。

その怒った表情がかわいくて仕方ないということは黙っておこう。

「ほかは平均並みなのに、なにこの数学と英語の差」

「た、大志よりは数学いいもん」

「そりゃな。だってお前学年一位だし」

九十八点って、逆に残り二点どうしたんだよ。

相変わらず数学だけはできる舞を尊敬する。

けれど、英語学年ワースト三位はやばい。なんでこんなに極端《きょくたん》なんだか。

本当、俺の彼女はおもしろい。

「中間テストでよかったね、舞ちゃん。期末だったら再試験だよ？」

「うるさい。その顔ムカつく」

「そんな俺のことが好きなくせに」

「そっ、それとこれとは別！」

あ、好きなことは否定しないんだ。

わかりやすすぎる舞の言動に思わず笑みがこぼれた。

舞と付き合いだしてもう少しで二カ月。

もうこいつのなにもかもを手に入れて、幸せすぎるほどの日常を送っている。

けれど、そんな日々を送る中でひとつの罪悪感があった。

俺は、舞が好きだ。

それでもこの付き合いのきっかけは、四月のあのゲーム。

誰にも渡したくないという理由だけで賭けにのったことに、いまさらながら後悔していた。

「舞ー、今日バイト？」

「ううん、お休みだよ。だから一緒に帰ろ？」

ヘラッと笑いかけてくる彼女に、たまらない愛おしさが込みあげてくる。

かわいすぎて、好きすぎて、つらい。

舞に隠し事をしていることが。

「あ、見てこれ。スペルミスしてるのに丸ついてる！　ラッキー」

「うわ、それ実質学年ワースト一位じゃね？」

「いーもん。これは日頃の行いへのご褒美《ほうび》」

「あーそうですか」

それでも、ゲームのことを話してこの関係が崩れてしまうことが怖かった。

舞は、本人やまわりが思っている以上に繊細《せんさい》な性格だ。

普段から元気で、責任感も強くて、明るい性格の舞だけど、自分で溜めこみすぎるとどこにも発散できずにボロボロになる。

先月の痴漢野郎《やろう》の一件もそうだ。

舞のそんな性格をわかっているのは俺くらいだからこそ、どうしても言えなかった。

「ねぇ、今日うち寄ってかない？」

「なに、襲われたいの？」

「ち、ちがいます！」

帰り際に舞からお誘いがあって、思わず意地悪を言う。

いままでもからかうことはよくあったけど、ここ最近はさらにそのレパートリーが増えた。

「この前言ってたＤＶＤ借りたから、一緒に見ないかなって思っただけ！」

「え、マジ？」

真っ赤になりながらもそう言った舞の言葉に、俺はまんまと食いつく。

去年大ヒット上映されていた、アクションものの洋画。

邦画《ほうが》よりも洋画、邦楽よりも洋楽派な俺は、よく舞にお薦《すす》めのものを語っていた。

まぁ、こいつは英語苦手なわけだけど。

「借りてきてくれたんだ？」

「あんたが推してたからね」

「やっさしー、舞ちゃん」

それなのに俺のためにに借りてきてくれるあたり、さすがは舞だ。マジで好き。

「よしよし、えらいよ舞ちゃん」

「犬扱《あつか》いしないで」

冗談で頭をなでたらにらまれた。

まぁ、怖くもなんともないんだけどな。


「お邪魔しまーす」

「あら大志くん。いらっしゃい」

舞の家に着くと、玄関で舞の母さんがニコニコしながら出迎えてくれた。

中学生の頃からよく来ていたから、もう第二の家のような感覚。

にこりと笑う舞の母さんの顔は、本当に舞とよく似ているんだ。

「先部屋行ってて？　飲みもの取ってくるから」

「ん。さんきゅ」

舞のその言葉にうなずいて、二階への階段を上る。

上がってすぐ右手のドアを開けると、見慣れた部屋があった。

白とピンクがメインの、シンプルかつ女の子らしい舞の部屋。

あの舞がこんなにもかわいらしい部屋で過ごしているなんて、と初めて来たときはおかしくて笑ったことがいまでもなつかしい。

「お待たせー……って、めっちゃくつろいでるね」

「おう。お前の部屋居心地いいし」

「そりゃどーも」

ベッドに寄りかかるようにしてラグの上に座っている俺。

舞はそんな俺にあきれた様子で笑いながら、持ってきた冷たいお茶のグラスを目の前のローテーブルに置いた。

舞の部屋には、小さなテレビが置いてある。

ここで一緒に映画やドラマを見たのも、もう何回だったか覚えていないくらい。

「そういえば、松永くんが大志に会いたがってたよ。この前プロバスケの試合見に行ったんだって」

「え、マジ？」

DVDの準備をしながら、思い出したように舞が松永の名前を出した。

彼女の口からほかの男の名前が出るのは少しおもしろくないけど、松永が俺に会いたがってくれているというのはうれしい話。

最近CATに行っても会えなかったから、俺もまた話したいな。

あんなにバスケの話ができる友達は同じ学校にいないから、あいつはなかなか貴重

お手数ですが
切手をおはり
ください。

郵便はがき

104-0031

東京都中央区京橋1-3-1
八重洲口大栄ビル7階

スターツ出版(株)　書籍編集部
愛読者アンケート係

(フリガナ)
氏　名

住　所　〒

TEL　　**携帯/PHS**

E-Mailアドレス

年齢　　**性別**

職業
1. 学生（小・中・高・大学(院)・専門学校）　2. 会社員・公務員
3. 会社・団体役員　4. パート・アルバイト　5. 自営業
6. 自由業（　　　　）　7. 主婦　8. 無職
9. その他（　　　　）

今後、小社から新刊等の各種ご案内やアンケートのお願いをお送りしてもよろしいですか？
1. はい　2. いいえ　3. すでに届いている

※お手数ですが裏面もご記入ください。

お客様の情報を統計調査データとして使用するために利用させていただきます。
また頂いた個人情報に弊社からのお知らせをお送りさせて頂く場合があります。
個人情報保護管理責任者:スターツ出版株式会社 販売部 部長
連絡先:TEL 03-6202-0311

愛読者カード

お買い上げいただき、ありがとうございました！
今後の編集の参考にさせていただきますので、
下記の設問にお答えいただければ幸いです。よろしくお願いいたします。

本書のタイトル（　　　　　　　　　　　　　　　　　　　　　　　　　）

ご購入の理由は？　1.内容に興味がある　2.タイトルにひかれた　3.カバー（装丁）が好き　4.帯（表紙に巻いてある言葉）にひかれた　5.あらすじを見て　6.店頭のPOPを見て　7.小説サイト「野いちご」を見て　8.友達からの口コミ　9.雑誌・紹介記事をみて　10.本でしか読めない番外編や追加エピソードがある　11.著者のファンだから　12.イラストレーターのファンだから　その他（　　　　　　　　　　　　）

本書を読んだ感想は？　1.とても満足　2.満足　3.ふつう　4.不満

本書のご意見・ご感想をお聞かせください。

1カ月に何冊くらい本を買いますか？
1.1～2冊買う　2.3冊以上買う　3.不定期で時々買う　4.ほとんど買わない

本書の作品をケータイ小説サイト「野いちご」で読んだことがありますか？
1.読んだ　2.途中まで読んだ　3.読んだことがない　4.「野いちご」を知らない

読みたいと思う物語を教えてください　1.胸キュン　2.号泣　3.青春・友情　4.ホラー　5.ファンタジー　6.実話　7.その他（　　　　　　　　　　　　）

本を選ぶときに参考にするものは？　1.友達からの口コミ　2.書店で見て　3.ホームページ　4.雑誌　5.テレビ　6.その他（　　　　　　　　　　　　）

スマホ（ケータイ）は持っていますか？　1.持っている　2.持っていない

学校で朝読書の時間はありますか？　1.ある　2.昔はあったけど今はない　3.ない

文庫化希望の作品があったら教えて下さい。

学校や生活の中で、興味関心のあること、悩みごとなどあれば教えてください。

いただいたご意見を本の帯または新聞・雑誌・インターネット等の広告に使用させていただいてもよろしいですか？　1.よい　2.匿名ならOK　3.不可

ご協力、ありがとうございました！

な友達だ。

「ねえ、日本語吹《ふ》き替《か》えにしていい?」

DVDをセットし終えて、リモコンを操作している舞が俺に聞く。

「しゃーねぇな。誰かさん英語わかんねーもんな」

「悪かったですよーだ」

再生ボタンを押し、舞は俺のとなりへちょこんと座った。

……本当、こういうのかわいすぎて困るんだけど。

「寝たらごめんね」

「アクションものだから大丈夫だろ」

そうは言ったものの、三十分も経つと俺の左肩に舞の頭がのるわけで。

「マジ勘弁」

舞は、すっかり俺に寄りかかって寝ていた。

ダダダダダッ、とテレビからは激しい音が聞こえているのに、このバカはビクともしない。

どうやら舞にとってこの映画はつまらなかったらしい。ハマるものは、まばたきしているのか心配になるくらい真剣に見るのに。

集中、できないんだけど。

「まーいちゃん」
――スースー……。
「ダメだこりゃ」
試しに名前を呼んでみても、起きる気配はまったくない。
ったく。男とふたりきりでいるのに寝るとか、どんな神経してるんだよ。
はぁ、と溜息が漏れる。
スッと、目にかかっている前髪をかきわけた。
気持ちよさそうに、かわいい顔で眠っている。
「この、バカ舞」
こんなの、俺じゃなかったら襲われてるぞ。
……俺でも襲いそうなのに。
制服のスカートから伸びた白い足に、ドクンと心臓が脈打つ。
……なんで、俺が。
このバカにドキドキさせられている事実に、なんだかすこしムカつく。
舞なのに。
ずっと親友としか思ってなかった、あの舞なのに。
なんで、こんなにドキドキしてんだよ、俺。

けれど、慣れないこの感情にとまどいながらも、それがイヤだとは思わなかった。

正直、こいつがキス以上のことをしていなかったことには驚いたけれど。

でもそのぶん、全部の初めてが俺だという事実にどうしようもなくうれしいと思っている。

こんなにこいつを愛おしく思う日が来るだなんて思わなかった。

「……無防備なやつめ」

その寝顔を見てふっと笑い声がもれる。

ほんっと、かわいすぎてムカつくよ。

気づけば、テレビ画面にはエンドロールが流れていた。

Chapter 4*

信じたくない真実

「暑い……。冷房《れいぼう》ちゃんと効いてる？　これ」

「節電週間だってさ。我慢だ我慢」

「そんな〜」

七月に入った。

まだまだ初夏の段階でありながらも、明らかに気温の上がり始めた教室の中で、私は完全にバテていた。節電もいいけど、もう少しだけ冷房を強めてほしい。

いまは五時間目のＬＨＲ《ロングホームルーム》。

二週間後に迫った体育祭の種目決めで、まわりは大いに盛りあがっている。

「舞はなににする？」

「えー、無難にバレーかなぁ」

「あ、じゃああたしもバレーにしようっと」

この盛りあがりに乗じて私の席まで移動してきた莉里と、出る種目を示しあわせた。

「大志はどーせバスケでしょ」

「おう。当然」

当たり前ながら、となりの席にいる大志の出場種目はバスケットボール。

こいつの得意な種目だ。

バスケをする大志の姿がかっこいいのは、素直に認めざるを得ない。

二年になってからは体育でまだバスケがなかったから、大志のバスケ姿を見られるのは久しぶりで楽しみだ。

「体育祭が終われば夏休みかぁ。舞、遊びに行こうね！」

「うん、もちろん」

「俺も混ぜろー」

まだほかの人が種目を決めている間、私たちは三人で雑談タイム。

あと二十日もすれば夏休みだから、すでにその話で盛りあがっていた。

「舞と大志くんはふたりでどこか行かないの？」

不意に、莉里がキョトンとした顔でそう聞いてくる。

思わず大志の顔を見ると、目が合った。

夏休みの予定なんてちっとも考えてなかった。

だって、毎年休みも気にせずに会ってたし。

どうしようかな、なんてめずらしく考えてみる。

が、それよりも先に大志が口を開いた。

「普通に、毎年恒例の祭りとかに行ければいーんじゃねぇの」

たしかに、それも行きたいけど。

けど、ちょっとちがうじゃん。せっかく付き合ってるのに。

少し私が不満げなのが伝わったのか、大志は私の頭をポンとなでる。

「べつに祭りだけとは言ってないだろ？　ほかにもデートはするって」

「え、本当？」

「おう、任せろ。すごいデートプラン立てといてやるよ」

ニッと笑ってみせる大志に、キュンとする。

大志のくせに、かっこいいこと言ってくれちゃって。

本当、女の子を喜ばせるのがうまいんだから。

そのあとしばらくうれしさが隠せていなかったのか、となりにいた莉里にニヤニヤと突っこまれた。


その日のＬＨＲは体育祭の種目決めだけで終わった。

私と莉里はバレー、大志はバスケで完全に決定。

運動は中の上くらいにはできるから大丈夫だと思うけど。

まぁ、楽しくできればそれでいいかな、なんて私はお気楽な考えだった。

けど、となりの席のバカはそうはいかないらしく。

「舞、お前今日暇《ひま》だろ？　放課後、体育館行くぞ」

「暇じゃなかったらどうするのよ」

「暇にさせる」

「無茶言うな」

バスケ大好きな大志は、やる気満々だった。


結局、なんだかんだで暇だった私は大志に付き合うことになったわけで。

「ガチだね」

「当然だろ」

学校が終わって一度お互い家に帰り、私たちは区民体育館へとやってきた。

ここなら夜九時まで練習ができるから、というバスケバカさんのお達し。

ハーフパンツにTシャツを着て、バッシュを履き準備万端の大志。

かく言う私も中学でバドミントン部に入っていたから、Tシャツも短パンもシューズもバッチリなんだけど。

中学の頃もこうして体育祭の練習でふたりでここに来て、汗を流していたっけ。

——ダン、ダン。

ボールを床《ゆか》について、大志は体を慣らしていく。

本当、こいつのバスケ姿はかっこいい。

「よし、ちょっと行ってくるわ」

「行ってらっしゃーい」

準備が終わったのか、大志は私を置いてさっさとコートに入り、ドリブルやシュートの練習を始めた。

八割ほどの確率で、放ったボールはゴールへと吸いこまれている。

これで部活をやらないなんてもったいないと思うくらいにうまい。

最後に試合形式でバスケをやったのは高一の体育祭のはずだから、もう一年近くブランクがあるはずなのに。

それなのに、このシュート成功率はもはや脅威《きょうい》だ。

「舞ー、一緒にやろうぜ」

コートから、大志が楽しそうに呼びかける。

その笑顔が無邪気《むじゃき》でかわいく見えた……なんて、言えるわけもないけれど。

「よ……っと。やーい、下手くそー」

「うるさいっ」

「ははっ、がんばれ舞ちゃーん」

コートに入った私は、大志の手にあるボールを取るのに必死。

というか、まったく取れない。触ることすらできない。

ドリブルで移動しているわけでもないのに、クルクルとボールを自在に操って私の手から逃れる。

「ほら、こっちこっち」

「もうっ！　なんで取れないの」

完全に大志に遊ばれてる。

それがわかっているのに、大志からボールを奪《うば》えないことが悔しかった。

「舞、気づいてる？」

「なに？」

こっちは必死だというのに、余裕な大志は私に話しかけてくる。

「いまの俺ら、距離すごい近いんだけど」

「へ？　……えっ！」

そう言われて我に返り、ボールばかり見ていた視線を少し上げると、すぐ目の前には大志の顔。

「あ、いま気づいた？」

……近っ。

その距離は、バスケットボール一個ぶんもない。

ボールばかり追いかけて、距離を詰めちゃってたんだ。

「あ、赤くなった」

「う、るさい……っ！」

完全に停止した体。大志を見上げたまま熱くなる顔。

あぁ、もう。どれだけこいつが好きなんだ、私は。

「どんだけ俺のこと好きなんだよ、舞は」

「な……っ！」

あろうことか、大志は私が考えているのとまったく同じことを聞いてくる始末。

「バカッ！　早くボール取らせて！」

「はっ？　やらねーし」

照れかくしで再びボールを奪おうとしたけれど、結局最後まで取ることはできなかった。

「晴天だ！」

あっという間に二週間は過ぎて、体育祭当日がやってきた。

体育館の開いた窓から見える青空が、今日という日を祝福してくれている気がする。

「ま、俺らは屋内競技だけどな」

「もう。そこは気持ちの問題でしょ？」

いい天気の下でやる気の上がる私の横で、そんな現実的なことを言っている能天気なバスケバカ。

「一回戦は大志が先でしょ？　仕方ないから応援《おうえん》行ってあげるよ」

手もとにあった対戦表を見ながら言うと、大志はニヤニヤとした。

「素直にかっこいい俺を見たいって言えば？　ったく、舞ちゃんは素直じゃないねぇ」

……もう、なんでも人の心読まないでよ。私なりの照れかくしなのに。

「よしよし、本当お前は愛すべき舞ちゃんだな」

「なによ、それ」

よくわからないことを言われ、ポンポンと頭をなでられる。

それだけのことなのに、ドキドキが止まらなかった。

「わ、私、教室にタオル取りに行ってくるっ！」

なんだか大志のペースにのせられているのが恥ずかしくて、私はとっさに、そんな嘘をついて教室へと足を向ける。

「初戦は十分後だからな！　それまでに戻ってこいよー！」

「わかってる！」

後ろから大志の声を聞きながら、私はその嘘を本当にするためにとりあえず教室へと足早に向かった。


「あれ、誰かいる…？」

教室に近づくと、教室の窓越しにクラスの男子が数人集まっているのが見えた。なにやら盛りあがっているようだけれど、どうせサボりの集団だ。たいした話もしていないだろう。

そう思いながら気にしないで教室に入ろうと、ドアに手を伸ばしたときだった。

「にしても桐谷のやつ、やりやがったよな」

大志の名前が上がって、思わず手を止める。

なんで、大志？　なにかしたの？

興味半分、いま教室に入ることへの気まずさ半分で、私はその場に立ちすくむ。

「本当本当。三カ月続くと思わなかったわ」

「いやー、一万飛ぶっての！　やっぱ男女の友情って成立しないのな。あんなにカップルらしくなっちゃってさぁ」

え……？

ドクン、と心臓が音を立てる。

甘い音じゃない。これは明らかに不自然な音だ。

「つーかもう三カ月経ったんだし、さっさと別れて次のターゲットにいってていいんじゃね？」

「たしかに！　次はハードル上げてみるかー！」

「桐原は告白成功率十割だったしなぁ」

聞きたくないのに、体が動かない。

信じたくないのに、聞けば聞くほど真実を聞かされている気分だった。

嘘、だよね……？

ドクン、ドクン、と不自然な音が大きくなっていく。

男子たちが話してる内容は理解できているはずなのに、私にはそれがどうしても信じられなかった。

信じたくない、と言った方が正しいかもしれない。

戻らなきゃ。……大志の、ところに。

暗示をかけるようにしてやっとその場から離れた私は、そのまま大志のいる体育館へと向かった。

「お、やっと来たかー」

人がたくさんいる体育館なのに、私はすぐに大志を見つけて歩みよる。

それに大志もすぐに気づいて、待ちくたびれたかのように笑いかけてくれた。

さっき聞いた話が、頭をよぎる。

「いまから始まるからちゃんと見とけよ?」

「……うん」

ニカッと笑う大志が生き生きしていてまぶしいのに、私のいまのフィルター越しではそれがかすんで見えた。

笑顔だって、ちゃんとできてない。

「舞、どうかした?」

そんな私を、こいつが見逃すわけもなかった。

私の頭をなでて、顔をのぞきこむ。

その近い距離にドキドキするのに、そんなふうになっているのは私だけなんじゃないかだなんて、余計な考えが押しよせる。

「ううん、なんでもないよ。ほら、早くコート行きなって!」

無駄にヘラッと笑って大志の背中をバシッと叩くと、顔をゆがめながらも「勝ってくる」と強気発言をしてコートへと入っていった。

「パスパス！」

「八番マークっ！」

全学年対抗《たいこう》の体育祭。

初戦の相手は一年生で、うちのクラスはどんどんと点を決めていく。

その得点には、大志の力も大きく貢献《こうけん》していた。

「舞、初戦突破したぞっ！」

勝負は、我が二年B組の圧勝で終わった。

「お疲れ様」

「おう、サンキュ」

試合が終わるなり、大志は真っ先に私のところに笑顔で来てくれる。

それがすごくうれしいのに、どこか素直に笑顔を向けられない。

大志が私を好きでいてくれてるのは、わかるのに。

わかってる……はずなのに。

「大志」

「ん？」

「私の応援も、来てくれる？」

「は？　もちろん行くに決まってんだろ。ヘマすんじゃねーぞ」

いつも以上に、慎重《しんちょう》になっている自分がいた。

それからの私は、なにをするにも心ここにあらずという状態。

そのせいなのかバレーも二回戦敗退に終わり、あっという間に男子バスケ決勝開始のホイッスルが鳴っていた。

「すごいよね。本当に決勝まで行っちゃうなんて」

「ねー」

私ととなりに並ぶ莉里の視線の先。

コートの中では、我がクラスと三年生の決勝試合が行われている。

当然、その中には大志の姿も。

「桐谷くん、がんばってーっ！」

「きゃー、素敵！」

そして、コートの外野ではもの好きな大志ファンが声援を送っていた。

……本当、バカなくせにあいつはカッコよくて困る。

こうしている間にも、どんどん大志を好きになる子が増えていくんだろう。

そう思うと、欲張りな私はそれがどうしても耐《た》えられない。

もともと私と大志は親友で、ただの片想いだった私はいろんな女の子を相手にするあのバカを見ていることしかできなかった。

それなのに、付き合えたからってどんどん欲張りになっちゃって。

大志が告白してくれなかったら、付き合うことすらできなかったのに。

……大志が、告白してくれたから。

『桐原は告白成功率十割だったしなぁ』

──あんな、最低なゲームが裏にあっただなんて知らなかったから。

……あぁ、どうしよう。

目の前のコートで、三年生を相手に活躍する大志がカッコよくて仕方ない。

──ピーッ！

試合終了《しゅうりょう》のホイッスルが鳴った。

「舞！」

キラキラとした汗を流して、笑顔の大志が駆《か》けよってくるのが見える。

あぁ。その笑顔をずっと私だけが見ていたい。

そう思うことは、私のワガママなんだろうか。

「勝ったぞっ！」

私の元へ来た大志は、とびきりの笑顔を見せて私の頭をワシャワシャとなでた。

「ちょ、ボサボサになるってっ！」

「ははっ、変な髪形」

「もう！　誰のせいだと！」

「安心しろって。どんな髪形でも俺がお前を好きなことに変わりはないんだから」

ニカッと笑いながら、大志は愛おしいものを見るかのようにボサボサになった私の髪をすく。

あぁ、もう、ズルい。やめてよ。

いつものように私に触れる大志の手が、指が。私に向ける笑顔すべてが。

いつも以上にたまらなく愛おしく感じるのは、どうしてなんだろうか。

「桐原さん、これお願いできる？　……桐原さん？」

「……え、あ、はいっ！　なんでしょう？」

名前を呼ばれてハッとした。いけない、聞いてなかった。

目の前には、苦笑している加賀さんがいる。私はいま、絶賛バイト中だ。

「これ、お願いできるかなって。……どうしたの？　なんか様子変だけど」

「あ、べつになんでもないです！　すみません、ちょっとボーッとしてて」

ヘラッと笑って再び仕事を再開させても、やっぱりいつもよりペースがどんどん落ちている。

「あーもう。見てられないな」

「へ？」

それを見兼ねたらしい加賀さんが、ついには私の仕事を代わってくれた。

「桐原さん、レジのところにいて。今日のホールは俺がやるから」

「……すみません」

加賀さんのその言葉に甘えて、私はホールからレジへとポジションを移動する。

情けない。バイトリーダーのくせに。

年上とはいえ、一カ月前に入った人にフォローされるなんて。

それでもこのままじゃお客さんにまで迷惑がかかりそうで、私は加賀さんに甘えざるを得なかった。

昨日、あのクラスメイトが話していたことが頭から離れない。

信じたくないのに、嘘だと願いたいのに。

あの話を聞いてしまってから、大志の言動一つひとつを疑っていた。

好きだ、と言ってくれる大志。

普段の会話はバカばっかりだけど、不意に見せてくれる彼氏らしい一面に、嘘っぽさは見られない。

——カランカラン。

「いらっしゃいま……って、なにしてんの」

不意に、来店を知らせるベルの音が鳴った。

曇っているであろう顔から必死に笑顔を取りつくろって迎えたのに、そのお客さんはいま私が悩んでいる元凶。

「よっ」

「よっ、じゃないでしょ」

今日はCATに寄らずに学校からまっすぐ帰ったはずの大志が、そこに立っている。

いろいろと考えてしまうから顔を見たくない。

そう思うのとは裏腹に、顔を見られただけでうれしくなるのはどうしたらいいんだろうか。

「母さんがCATのパン食べたいから買ってこいって」

「要するにお使いね」

「まー、そんなとこ」

だるいよな、なんて大志は言うけど、私はうれしい。

でも……会えてうれしいと思っておきながら、いまは長い時間大志といたくない。

いろいろと、考えてしまうから。

矛盾《むじゅん》してるなぁ、なんて自分にツッコみつつパンを選んでいる大志をながめる。

『桐谷のやつ、やりやがったよな』

そして同時に、やっぱりクラスメイトの会話が頭をよぎった。

「じゃ、この五つ買うわ」

「はい、一二九六円になります」

トレーをレジに置き、大志がお財布からお金を出してる間に私はパンをそれぞれ袋へ詰める。

ちゃっかりガーリックサンドとチョコあんぱんも入ってるし。

「ねぇ」

「ん？」

「あんたって、賭け事とかする？」

「……は？」

パンの袋詰めで、視線は大志に向くことはない。

面と向かって聞けない私は、平静を装ってなんとなくそう聞いてみた。

「なんかね、友達がこの前の中間テストで誰がいい点取れるか賭けてたんだって。あんたバカだからそういうことしそうだなーと思って」

……よくもまぁこんな嘘がスラスラと出てくるものだ、と自分でも感心する。

まったくの作り話なのに、この単純バカはわかりやすいほどの反応を示してくれた。

「そんなことやるわけないだろ。だいたい俺、そんな金に困ってねーし」

「……そっか」

顔を見てないからわからないけど、声が少し普段とちがい、様子がおかしい。

それに私は、ひと言も〝お金を賭けた〟なんて言ってないのに。

「はい、ちょうどちょうだいします。レシートは？」

「あー、いちおうもらっとく」

「はい、どーぞ」

レシートを渡したときに、やっと私は大志の顔を見た。

でも……目が、合わない。

いつもまっすぐすぎるくらいに話し相手の目を見る大志が、私と目を合わせなかったんだ。

「じゃ、また明日な」

「うん、バイバイ」

そして、最後まで目を合わせないまま大志は帰っていった。

「……本当、なんだね」

ポツリとそうつぶやいて、大志の出ていったドアを見つめる。

私への告白は、ゲームだったんだ。

そう確信せざるを得ない状況に、胸がキリキリと痛んだ。

本当、嘘つくの下手なんだから。

あーあ。

……知りたくなかった、こんなこと。

そこからの記憶《きおく》はひどくあいまいで、きちんと店じまいができたのか、どうやって帰ったのか、いつ寝たのかすらもあんまり覚えていない。

あぁ、今日もこんなバカを見て好きだと思う私の心はいったいどうなっているんだろう。

家の前には、まったくいつも通りにヘラッと笑う大志が待っていた。

気づいたら、もう次の日の朝で。

「……おはよ」

「おっす、舞」

大志は、今日の私を好きだと思ってくれているんだろうか。

「昨日のパン、おいしかったでしょ？」

「ん？　あぁ。相変わらず激ウマでした」

「えへへー。ですよねー。うちのパンは最高だから」

「バーカ。お前が作ってるわけじゃねーだろ」

正直、自分の表情筋がどう動いてるのかを考えることすらできないほど、いまの私には余裕がない。

だからこそ、不自然でもヘラッと笑ってその場をやり過ごすほかなかった。

大丈夫。

きっかけはゲームだったけど、大志はちゃんと私を好きでいてくれてる。

そう自己暗示でもかけていないと、いまの自分が保てないところまで来ていた。


「なんで私が……」

昼休みが始まってすぐ英語の先生に呼び出されて、次の授業に使う資料を運ぶようにと頼まれた。

なんてタイミングの悪い……。

文句を言いながらも、この役を任命された理由は悔しいけど理解できる。

単純な話だ。私が、二年B組の中で英語の成績が最下位だから。

「重い……」

数学ならこんな扱い受けないのに、なんて無駄なことを考えながら、私は資料を持って廊下《ろうか》をひたすら進む。

「大志くん」

すると、図書室の前を通ったとき不意に大志の名前を呼ぶ女の子の声が聞こえた。

重い資料を持っているのに。こんなところで大志を呼ぶ女の子の声が聞こえるなんて、私にとっていい展開じゃないことくらいわかっているのに。

バカな私は、その場に立ちどまって盗《ぬす》み聞きしている。

なにやってんのよ、私のバカ。

そうは思っていても、気になるんだから仕方ない。

「あの、大志くん……。好きですっ」

そして案の定、女の子の口から大志へ想いを伝える言葉が飛び出した。

わかっていたはずの展開なのに、いざそれを聞いてしまうと胸が痛くなる。

大志がよく告白されているのは知っていたけど、その場に居合わせたのは初めてだった。

「俺が舞と付き合ってるの、知ってるよね？」

「……はい」

そんな中で、図書室内ではふたりの話が淡々《たんたん》と進んでいる。

どうやら大志は、はっきりとその子に私の存在を言ってくれたらしい。

なんだ。私、ちゃんとあいつの〝彼女〟になれてるじゃん。

そう思った、次の瞬間だった。

「それでもどうせ別れるでしょ……？　大志くんって誰にも本気にならないし」

「は？　失礼な」

「だって本当のことじゃん。長くても三カ月くらいだよね？」

相手の子が、痛いところを突いてきた。

たしかに大志は、誰彼かまわず付き合う女たらしのバカ。

そんなんだから、あんまり彼女とも長続きはしない。

……この子は、知っているんだ。大志の性格を。

「けど、俺はいま舞と」

「じゃあさ」

大志の言葉を、その子は遮《さえぎ》った。そして、とんでもないことを言いはなつ。

「桐原さんと別れたら、次は私と付き合ってくれる？」

「……はっ？」

これには、大志も私もさすがに驚きが隠せなかった。

「いいでしょ？　どーせ桐原さんと別れたらまたすぐ誰かと付き合うんだから、大志くん」

それでもさらに言葉を重ねるこの子は、もはや尊敬のレベルに達するかもしれない。

……大志。

期待と不安が高まっていく中、私は図書室内へと耳を澄《す》ませる。

大志は、私を好きでいてくれている。

そうだよね？　大志。

ドクンドクンと心音が高まる中、私は必死に自分に言いきかせた。

大志の返答が聞こえてくるまでが、異様なほど長く感じる。
お願い、大志。別れないと言って。
『もう三カ月経ったんだし、さっさと別れて次のターゲットにいっていいんじゃね?』
別れたく……ないんだよ。
大好きなんだよ。
思わず目をギュッとつむった瞬間、ようやく大志が口を開いた。
「わかった。いいよ」
――え?
一瞬、聞きまちがいかと思ったけどそうじゃない。
「よく見たら君かわいいし、ほかの男に渡すのはもったいないよね」
大志は、明らかにその子にOKを出している。
……女の子なら、誰でもいいの?
私と付き合うのは、もうやめるってこと?
やばい。泣きそうだ。
ずっとこらえていた涙が一気にあふれる。
もうこれ以上聞いていたくなくて、私はその場を立ちさった。

やっぱり、私はいつもの遊び相手だったんだ。

遊びでもいいから相手にしてもらいたくて変わったというのに、いまの私はとんでもない欲張りになっていた。

そのことに、イヤでも気づかされた。

資料を教室に運んだ私は、午後の授業に出る気力もなく保健室へと駆けこんだ。

それからどのくらい経ったんだろう。

「……い、まーい。舞」

「……ん」

私は、心地のいい低音に名前を呼ばれて目を覚ました。

保健の先生が不在なはずの保健室。

いつの間にか眠っていた私の顔をのぞきこんだのは……大好きな人。

「なんで、ここに」

涙が、再びあふれ出しそうになる。

「大丈夫か？　もう放課後だぞ。歩けそう？」

私を、大志が心配してくれている。

それがどうしようもなくうれしいのに、愛おしいのに。

こいつの私への優しさは、愛情じゃなくてただの友情だということが、無性に苦しかった。

それでも、どうしても大志に触れてほしくて、触れたくて。

私はゆっくり手を伸ばして大志に触れる。

……そうだ。もともと大志が誰かに本気になるなんてありえない。

こいつは、昔からそういうやつ。わかっていた、はずなのに。

「舞……？」

「大志」

「なに？」

大志が動揺した目で私を見つめる。

その理由は、私が悲しい目をしてるからだろうか。それとも、優しく笑ってるからだろうか。

大志の首に手をまわして、そっと口づける。

こんなことができるのは、もう最後。

「私のお願い、聞いてくれる？」

「……お願い？」

「そう、お願い」

へへっと笑う私の笑顔の違和感《いわかん》に、様子のちがいに、きっとこいつは気づいてる。

でも、そんなの口にさせない。

最後。これで最後にする。

嘘でも、私はあんたがほしい。大志の全部を覚えておきたい。

「大志がほしい」

これが終われば、もう傷つくことはなくなるんだ。

付き合ってるのに一方的な想いなんてむなしいだけ。

自分勝手な私を許してね。

私は、あんたの大好きな〝親友〟に戻るから。

「……どうしたんだよ、突然」

「いいじゃん。お願い」

「だってお前具合悪いんじゃ……」

「大志の顔見たら治った」

渋る大志に無理やり頼む。

こんなこと、正常な私なら絶対にしない。

こんな、恥ずかしいこと。

――シュルッ……。

「おい、なにして」

「大志。好きだよ」

自分の制服のリボンをといて、ブラウスのボタンに手をかける。

もう一度大志の頬に手をあてて、唇を寄せようとした。

「……舞！」

それなのに、大志はさせてくれない。

私の肩をつかんで、その距離を広げる。

「な、んで」

その大志の反応に、あれだけ我慢していた涙がポロリとこぼれる。

「なんでって……お前明らかに様子おかしいだろ」

あふれる涙を、困った顔をした大志が指でそっとぬぐってくれた。

そんな、優しい触れ方してほしくないのに。

「バカ……」

「どうしたんだよ。ほら、泣きやめって」

「……誰のせいだとっ！」

その言葉が無性にムカついて、泣き顔なんて気にする余裕もなくキッとにらむと、
そんな私に大志は顔をゆがめた。

なんで、そんな顔するの。

困っている大志の表情を見ると、こっちが悪いことをしているような気分になる。

ズルいよ、そんなの。

私は好かれているんだって必死に思いこもうとしたけど、そんなのはもう無理だった。

限界だ。

いら立ちと、嫉妬と、悲しみと、情けなさと。

なんで自分がいまこんな状態になってるのかもわからないほど、私の頭はもうぐちゃぐちゃだった。

「大志」

「……ん？」

大好き。いままでもこれからも、私はあんたが大好きなんだよ。

そんなこと口にできるわけもなくて、私は涙でいっぱいの顔を最高の笑顔で覆《おお》いかくす。

「別れようか、大志」

「……は？」

我慢しようと思ったけど、無理だった。

付き合う前のような関係に戻れなくなったとしても、それでも私はもう大志の彼女ではいられない。

だから、私は。

「〝ゲーム〟は、もうおしまいだよ」

この関係に、終止符《しゅうしふ》を打つ。

「〝ゲーム〟は、もうおしまいだよ」

目の前にいる舞がそう口にした瞬間、頭が真っ白になる。

罪悪感。後悔。

そんなものでは表現しきれないほどに、俺の頭はいまこの状況に追いつくのが精いっぱいだった。

「ま、い……？」

「聞いちゃった。賭けてた、って話」

泣いてるくせにそう言って無理して笑うから、俺はもうどうしていいかわからなかった。

事実だ。言い訳なんてできるわけもない。

普段ヘラヘラと笑う舞がこんなにも無理した表情になっているのは、完全に俺のせいだ。

「私のこと、遊びだったんだね」

「ちがう。俺は本気でお前のことが」

「嘘つかなくていいよ」

本気で伝えようとしてるのに、もう完全に俺のことを信用していないようだった。

舞の涙はずっとそばで見てきた。

なんでもすぐ我慢するけど、俺の前だけでは吐き出してくれたから。

……それなのに。

「舞……」

いまその涙は、俺のせいで流れている。

ぬぐってやりたいのに、できない。

俺はいま、大好きな女を傷つけて泣かせているんだ。

よく考えてみたら、最近の舞は様子がおかしかった。

元気がないかと思えば、不自然なほどにヘラッと笑って元気を取りつくろう。

その違和感に気づいていたはずなのに、俺はいつか話してくれるからと信じて深くは立ちいらなかった。

その結果が、これ。

というか、俺がその場の勢いであのゲームにのったからいま、こうなっているんだ。

ゲームに乗れば相手を傷つけることくらい、わかっていたのに。

涙でいっぱいなくせに唇をかんでこらえている舞に、俺はどう声をかけたらいいのかわからなかった。

胸もとまではだけたブラウスが目に入って、こんなときなのに心臓はドクンと音を鳴らす。

……舞が、自分から迫ってくるだなんて。

「舞」

名前を呼んだだけなのに、大好きな彼女は俺の声でビクッと肩をこわばらせる。

「ごめん。ごめんな、舞」

そう言いながら、俺はベッドサイドにあったシーツを彼女の肩にかけた。

本当は、思いっきり抱きしめてやりたい。

たくさんキスして、すべて伝えて、めちゃくちゃになるくらい愛してやりたいのに。

いま俺のせいで涙で肩を震わせる彼女に、そんな軽率なことができるわけもない。

「俺は本気で好きなんだよ、お前のこと」

「……嘘だ」

「嘘じゃねぇって」

いまさらなにを言っても、この最低なゲームの事実を知ってしまったこいつの耳にはそれが入らなかった。

情けない。

ただそれだけの思いが頭をめぐる。

「……バイバイ、大志」

「待てって」

「もう無理！　あんたといたら頭おかしくなりそうなのっ」

その言葉に、頭をガツンと殴られたような衝撃《しょうげき》が走った。

……あぁ、俺はなにをやってるんだろう。

こんなにボロボロになるまでに悩ませて傷つけて、自分勝手にもほどがある。

「……弱くてごめんね、大志」

舞はそう言ってブラウスのボタンをかけなおすと、ゴシゴシと涙をこすった。

「そんなにこすったら……」

「触んないで」

思わず伸ばした手が、ビクッと止まる。

完全に、拒絶《きょぜつ》された。

「私は本気で好きだったよ、大志のこと。……四年間ずっと、ね」

「……はっ？　んだよそれ、どういう……」

言葉を紡ぐ前に、舞はベッドから降りて俺に背を向ける。

「舞っ！」

──バタン。

そしてそのまま、俺の前から消えた。

残ったのは、どうしようもないむなしさと、情けなさ。

さんざんいままでバカやって笑ってきたのに、いまはただ、舞の泣き顔しか浮かんでこない。

……四年間ずっと好きだったなんて、聞いてねぇよ。

なんでいまなんだよ。

しんと静まり返ったこの空間が、余計に俺の心を沈ませる。

言い訳のひとつでもすればよかった。

無理やり押し倒してでも、想いを伝えればよかった。

……なんて、そんなことしても余計に嫌《きら》われることくらいわかってるのにな。

本当に弱いのは、俺の方だ。

でも、ちゃんと話はしないといけない。

このまま舞が離れていくなんて、俺には耐えられないから。

「……好きだよ、舞」

こんなにも大切で仕方ない存在は、お前が初めてなんだよ。

謝って、謝って、謝り倒して。

そしてもう一度お前に告白する。

裏に賭けなんて存在しない、純粋な告白を。

俺には舞だけだから。

一生、舞だけだから。

舞。

本気で、お前が好きなんだよ。


次の日。

学校に着いて、俺はまず一番に舞に話しかけた。

「舞」

「ごめん、用事あるから」

けれど、舞と会話をすること自体が難しい。

朝、家に迎えに行くとすでに登校していたし、そのあとも校内で声をかけても避《さ》けられる。

手首をつかんで止めようとすれば、泣きそうになって苦しそうに顔をゆがめるから無理にそれもできなかった。

自分がこんなにも舞の泣き顔に弱いとは思わなかった。

普段から笑ったりあきれたりする顔しか見てなかったから、そんな顔を向けられるとどうすればいいのかわからなくなるんだ。

情けない。本当、その言葉に尽《つ》きる。

「ちょっと、大志くん！」

「あ？　……って、なんだ、莉里か」

「悪かったわね、あたしで」

遠くなる舞の背中を見つめていると、突然後ろから莉里に声をかけられた。

見た感じ、怒ってる。……理由は想像がつくけど。

「よくも舞を泣かせてくれたわね」

「わかってるって」

「はぁ？　黙りなさいよ、この最低男」

「……お前なぁ。そんなハッキリ言うなよ」

容赦《ようしゃ》ない莉里の言葉に、グサッときた。

たしかにその通りだけどさぁ。

「舞がどれだけ大志くんのこと好きだったか、知らないでしょ」

「は？　なんだよ、それ」

莉里と俺との仲もそれなりにいいはずなのに、舞のことになると俺にはもう完全に怒《いか》りしか向けられていなかった。

「中一の頃からずっと好きで、ずっと大志くんだけを見てきたんだよ？」

「なぁ、それマジなの？」

「なによ、知らなかったわけ？」

「……昨日知った」

だって舞は、いままでひと言もそんなこと言わなかったし。

すると、目の前の莉里は盛大にため息をもらす。

でも舞は高校に上がってからいろんな男と付き合い始めた。四年間好きでいてくれたのが本当だとしたら、そこはどうも納得がいかない。

……なんて、どの分際で言ってんだって感じだけど。

「正直、なんで大志くん？ってあたしは思うけどね」

「おい」

「けど、舞は『大志以外を好きになれない』って。なのに大志くんは女の子と遊んでばっかりでさ。だから舞は、高校に上がってから変わったんだよ」

「は？」

莉里の言葉に、思わず声が出る。

変わったって、なんでだよ。

思わず顔をしかめたのが自分でもわかった。

「純粋に一途でいてもなにも進展しないから、大志くんの〝遊び相手〟になろうとしたんだって」

「は……？」

「自分も同じように男にだらしなくなれば、大志くんが仲間として相手してくれるようになるかなって思ったみたい」

バカだよね、なんて苦笑する莉里に対して、俺も一緒になって笑うことはどうしてもできなかった。

ただただ、初めて知る舞の気持ちに胸が苦しくなるだけ。

じゃあ、なに？

高校に入って急にかわいくなったのも、異常にモテ始めたのも、いろんな男と付き合い始めたのも。

全部全部、俺に相手してほしかったからってこと？

「……んだよ、それ」

バカな舞のその行動に、思わず拳《こぶし》を握りしめる。

そこまでするとか、本当バカだよ、あいつ。

けど、そこまで俺を好きでいてくれたことが、どうしようもなくうれしい。

それくらいに俺は、お前を好きになったんだ。

「まぁ、まんまとその遊び相手に、大志くんは舞を選んでくれたみたいだけどね？」

しかし莉里の言葉で俺は現実に引きもどされる。

「大志くん、本気で舞に惚れたくせに、なんでそんなことしたの？」

舞からすべてを聞いたんだろう。

莉里は、俺が参加したゲームについて言っているようだった。

なにも言い返すことなんてできなくて、言葉を失う。

莉里は俺を責めている。でも、本当の気持ちにも気づいてくれていた。

「舞が好きなくせに、傷つけて。あの子、泣きながらあたしに電話かけてきたんだよ」

俺の知らないところで舞を泣かせていることに、胸が痛くなる。

普段ならその電話相手は、俺だったのに。

「とにかく、もう舞を泣かせないで」

強い目が、俺を捉える。

莉里のその言葉が、俺に強くのしかかった。

……舞。

席に戻って、いまだ帰ってこないとなりの席を見つめながら思う。

俺は、いったいどうすればいいんだろうと。

まずは会話がしたい。舞の目を見て話したい。

でも、これ以上迫って嫌われるのも怖かった。

「よっわ、俺」

はぁ、とため息をついて頭を抱《かか》えこむ。

……もう、夏休みが始まってしまう。

俺のバカな行動のせいで、舞と作れるはずの思い出が作れなくなるのはどうしてもイヤだ。

「……あ」

そしてもうひとつ。

俺は、大事なことを忘れていた。

「なんだよ桐谷、話って」

「もう金の請求か？」

放課後になって、俺は例のゲームをやったメンバー三人を集めた。

舞のことで頭がいっぱいだったが、まずはこっちを片づけないといけない。

「金はいらない」

「は？」

俺が一発目にそう言うと、意味がわからないとでも言いたげに三人は顔をしかめた。

「俺、あいつに本気なんだ。お前らが最初のターゲットにするって言うからとっさに立候補したけど、舞との付き合いをゲームで終わらせるつもりはない」

こんなことこいつらに言うなんて、正直すげー恥ずかしいけど。

でも、舞のためなら俺は恥ずかしくてもがんばらないといけない。

こんなんで舞を傷つけたことがチャラになるとは思ってないけど、せめてこれくらいはちゃんとしないと。

「いいんじゃね？」

「……え？」

勝手なこと言うな、とか言われると思ってた。

それなのに、目の前のみんなは思いのほかそれを認めてくれる。

「正直、桐谷は桐原に本気なんだなって思ってたし」

「え？」

「あ、それ俺も思った！」

「俺も俺もー」

「え、ちょっと待て。なに言ってんの？」

それどころか、三人とも俺の気持ちに気づいていたという新事実が発覚。

混乱する俺をよそに、三人のうちのひとりはさらに衝撃的なことを口走った。

「つーか俺、桐谷が桐原への愛を語ってるの聞いてたし」

「は……？」

そのセリフには、本気で目が点になる。

愛を語るって、俺そんなことした記憶ないんだけど。

「ほら、図書室で」

「図書室……」

必死に思い出そうとするけど、やっぱりそんな記憶……。

「あ」

「思い出した？」

……あった。

たしか、となりのクラスの女にコクられたとき……って。

「お前、あれ聞いてたのか？」

「だって俺図書委員だし」

「それ早く言えよ！」

思い出した瞬間、自分でも顔が赤くなるのがわかる。

だって俺、あのとき相当バカなこと言った気が……。

「こいつ女にコクられててさ、次の彼女にしてくれとまで頼まれて『いいよ。よく見たら君かわいいし』とかほざいてたんだけど」

「おい！」

こいつはあのときの様子を鮮明《せんめい》に話しだす。

止めようとしたところで、その口は閉じるわけもない。

「そのあとがもう傑作《けっさく》でさぁ。『けど俺は舞と別れるつもりはないから死ぬまで独身貫《つらぬ》いて俺のこと待っててくれる？』だって」

「うわ、なんだそれっ！」

ケラケラと笑うやつらをよそに、俺はもう穴があったら入りたい状態だった。

「で、そのあとは『もし別れたとしてもそれは俺が振られたときだから、君は一生舞の身代わりになるよ』って。『舞しか見てない俺の彼女に、本当になりたい？』って」

「お前らいい加減に……」

「で、結局その子は泣きながら出ていきましたとさ」

めでたしめでたし、だなんてこっちが制止する間もなくすべて暴露《ばくろ》され、完全に公開処刑状態《しょけい》。

「腹黒いな、桐谷」

「上げて落とすタイプか」

「うるせーぞ」

面倒なやつらに面倒なことを知られたと気づいたところで、もう遅かった。

だって、あのときはあの方法しか思いつかなかったんだ。

変に『舞が好きだから』とだけ言えば、舞に嫉妬の矛先が向くんじゃないかって怖かったから。

自慢《じまん》じゃないけど、それだけの影響力《えいきょうりょく》が自分にあることくらいわかってる。

舞は言わないけど、中二の頃、それで一時期女子から陰口《かげぐち》を言われていたことを知っていたから、同じことにはさせたくなかった。

だから俺が最低なことを言えばうまくいくと思ったんだけど。

「もう少し別のやり方あっただろー?」

「だよなぁ」

いま思えば、相当バカな言い方をしたと思ってる。

「まっ、いいや。俺らも金減らなくて済むし」

「だな」

結局、俺たちの最低なゲームは、第一回で幕を閉じることになった。

「がんばれよ」なんて背中を押され、とりあえず大もとは解決。

けどこんなことで安心できる状況だなんてことは毛頭なく、俺にはまず舞と会話をするというミッションが残されていた。

でも、明日からもう夏休みだ。

登下校中や学校で舞と話すことはできない。

けど、俺はやらないといけないんだ。

一瞬。

本当に一瞬だけ、舞のバイト先にいるあの年上の男の顔が頭をよぎった。

気のせいだと願いたいけど、少なからずいい予感はしない。

考えたくはないが、あいつがもう俺の手の届かないところへ行ってしまう前に、行動を起こさないと。

俺の脳裏には、舞の笑顔ではなく泣き顔がずっとこびりついて離れなかった。

Chapter 5*

消えた当たり前

夏休みが、始まってしまった。

ジリジリと暑い日照りの中、私はアイスが食べたくて近所のスーパーへと足を運ぶ。

店内の冷房で涼《すず》みながら、ふとお菓子コーナーで足を止めた。

目に留まるのは、梅味のポテトチップスとチョコビスケット。

……あいつの、好きなもの。

いつもならよくここで買いものをして、それでなくてもあいつのためにお菓子を買っていたのに。

いまはまったくそれがない。やる必要もない。

私の日常生活からあいつの存在が消え始めていることが、いまの私にはつらすぎた。

それだけじゃない。

「……さん、桐原さん！」

「は、はいっ」

バイトでもそれはイヤってほど影響していた。

厨房に一番近い窓側の席。

そこに、あいつの姿が現れることはもうない。

自分から切りはなしておいて、あいつのいない生活にどうしようもない寂しさを感じている自分にも腹が立った。

店内に流れている、いま流行りの洋楽。自分には縁のないはずの外国語の歌を、無意識に口ずさんでいることに気がついてハッとした。

「なにやってんだ、バカ……」

心底自分にあきれて、落胆《らくたん》する。

あまりのバカさ加減に、これはもう苦笑するしかない。

「どうかした？　最近桐原さん、元気ないよね」

「へ、そうですか？　わりと元気ですよっ」

「ならいいんだけど」

同じバイトの加賀さんにまで心配をかける始末。

「桐谷となんかあったんでしょ？」

そしてちがう方向からの声にまさかの図星を突かれて、思わず目を見開いた。

「あ、アタリか」

そこには、苦笑いをしている松永くん。あぁ、完全に理由がバレている。

今日のホールスタッフは、私と加賀さんと松永くん。

夏休みだからと、普段はバイト人数がふたりのところを、この期間は三人でまわす。

期間限定のアイスクリームつきフレンチトーストを目当てにやってくるお客さんが多くて、意外と混むんだ。

松永くんには、いままでさんざん応援してもらった手前、まだ大志と別れたことは言えずにいる。

「だって最近来ないもんね、あいつ」

「やっぱり気づいてたんだ。……先週、別れたんだよね」

「……は？」

そこまで気づかれていたら嘘はつけない。

そう思って素直に別れたことを話すと、松永くんはこれでもかというほど驚いた反応を見せた。

「それ本当に？　桐原さんの夢とかじゃなくて？」

「どんな夢よ」

そして、どうもそのことを信じていない様子の松永くん。

松永くんの中で私はどんなキャラに見えていたんだろうか。

「そういえば、松永くんは彼女と夏祭り行くの？」

これ以上大志のことを聞かれたくなくて、話をそらした。

「んー、多分行くかな」

「多分なんだ」

「いや、確実に行くね」

「あ、そう」

あぁ、もう。聞いた私がバカだった。

松永くんがのろけてくる。

「桐原さんは？　行かないって選択肢はないでしょ？」

「……勝手に人の選択肢減らさないでくれるかな」

おまけに、私の夏祭りの予定まで決めてきた。

たしかに、中一から行かなかったことはないけれど。

でも、グループで行くにしても、必ずそこには大志の存在があったから。

「今年は行かないかな、多分」

だから、正直に言えば大志がいない夏祭りには興味がない。

というか、思い出しかなくて行くのがつらいというのが本音だ。

「じゃあ、俺と行ってくれない？」

「へ？」

そんな私に誘いの声をあげたのは、いま目の前にいる松永くんじゃない。

「桐原さんと行きたいな、夏祭り」

声のした方へ振りむくと、にこりと笑う加賀さんがこちらを見ていた。

「加賀さん……？」

「あ、急に誘ったから驚かせちゃった？」

「いや、そういうわけじゃ」

なくは、ないんだけども。

ただただ、びっくりしたんだ。

まさか加賀さんから夏祭りに誘われるだなんて思わなかったから。

「ごめんね。けど俺、最近桐原さんが元気ない気がして。息抜きにでもどうかな？」

驚いている私に、それでもなお、加賀さんは誘いかけてくる。

加賀さんと行ったら少しは気も紛《まぎ》れるかな……。

私の中にそんな考えが浮かんできたとき。

「すみませーん。注文いいですかー？」

お客さんからお呼びがかかった。

「すみません加賀さん。お返事はまたあとで……」

「あ、うん。わかったよ」

いちおう加賀さんには断りを入れてから、お客さんのテーブルへと足を運ぶ。

「……加賀さん、もしかして狙《ねら》ってます？」

「ん？　なんのことかな？」

「彼女はダメですよ。大事な人がいるんですから」

「俺ならあんなに下手な笑顔作らせないけどね」

結局、その日一日かけて加賀さんからお誘いを受けた私。

はじめは加賀さんとふたりで行くことに迷《まよ》いがあったけれど、せっかくだから気分転換をしようかなと思い始めて、最終的には加賀さんと夏祭りに行くことを決断した。

それを決めた私を見てなぜか松永くんは焦った様子だったけど、莉里に電話でそのことを伝えたら『楽しんできなよ』とのお達しもあったことだし。


そしてあっという間に日は過ぎて、とうとう夏休みの最終日。

大志のことを忘れるかのようにバイトに明けくれた私は、最後の最後でバイト先の人と思い出作りをすることになった。

中一からの、初めて大志がいない夏休み。

退屈《たいくつ》で退屈で、そしてむなしくて仕方なかった夏休みが、とうとう終わりを告げようとしている。

大志からは、電話もメッセージもたくさん来ていた。

《夏祭り、一緒に行かないか?》

加賀さんとの待ちあわせ先で、今朝届いたメッセージをながめてはため息をつく。行きたい、と返信できればそれほど楽なことはない。

けど、無理だ。

大志の顔を見て、平気でいられる自信がない。

大志は私と親友に戻ろうとしてくれているのかもしれないけど、私はまだ時間がかかる。

思っていたよりもショックが大きすぎて、まだ消化しきれてないんだ。

「昨日のドラマの再放送見た?」

「あ、あの昔のやつでしょ? 見た見た!」

そのとき、すれちがう人たちの会話が突然耳に入ってきて、とたんにそのドラマのタイトルが頭に浮かぶ。

前に大志が私に紹介《しょうかい》してくれたドラマだ。夏休みに再放送をやると言っていたから多分まちがいない。

そこまで考えて、ほとほと自分にあきれた。

どこへ行くにもなにをするにも、あいつの影《かげ》がチラついて離れない。

はまったドラマも、よく聴《き》く音楽も、全部大志が私に教えてくれたものばかりだ。

私と大志は、よくお互いの好きなものを教えあっていたから。

おかげで、興味のなかったはずの洋楽を口ずさむまでになっていた。

「お待たせ、桐原さん」

無意識にそのドラマの主題歌を口ずさみそうになったところで、後ろから声をかけられた。

振りむくと、にこりと笑う加賀さんが立っている。

「あ、こんばんは」

「うん、こんばんは。ハハッ、ちょっと緊張してる？」

おかしそうに笑う加賀さんは、普段のバイトのときとはまたちがう雰囲気をかもし出している。

普段からオシャレだけど、今日はよりキラキラしているというか。

なんか、さすが大学生って感じ。

「うーん、少しだけ。だって加賀さん、今日かっこいいんですもん」

「……桐原さんって結構ストレートだよね」

「え、そうですか？」

首をかしげて答えると加賀さんは一瞬視線をそらすも、再びパッと向きあうと「行こっか」と屋台の方へ歩きだした。

「なに食べたい？」

「んー、まずはガッツリ腹ごしらえからですかね」

「お、いいねぇ」

女子らしからぬ私の発言にも、加賀さんは楽しそうに笑って合わせてくれる。

おまけに「女の子にお財布は出させないよ」なんて言って、すべておごってくれた。

「加賀さん、絶対モテますよね」

「え、どうしたの急に」

「いやー、大人の男の人だなぁと思って」

加賀さんの行動一つひとつが大人すぎて、つい思ったことを口に出していた。

「桐原さんに言われるのはキツいな」

「え？」

「モテても、本命の人に惚れてもらえないと意味ないよね」

そう言って、なぜか加賀さんは苦笑する。

「桐原さん」と名前を呼ばれ、あ、と思ったときにはもう遅かった。

加賀さんの手が、私の左手に触れている。というか、握られている。

驚いて顔を上げれば、いつになく真剣な加賀さんの目が私を捉えていた。

この感じ……知っている。

あいつのために、この高校生活で私はいろんな人と付き合ってきた。

でも私から告白したことなんて、一度もない。

「好きなんだよね。桐原さんのこと」

加賀さんの口から、静かにそう告げられた。

「え、……と」

当然頭は大混乱。

仲よくさせてはもらっていたけど、加賀さんから告白されるなんて少しも思っていなかった私は、どう反応すればいいのかわからず固まっていた。

「ごめんね、急に。驚かせちゃったかな」

「や、あの……。はい」

「ははっ、正直だね、桐原さん」

告白してくれたにもかかわらず、加賀さんの物腰はまったくいつもと変わらない。

これが大人の余裕というやつなんだろうか。

一方の私は、加賀さんに握られた左手が熱くて仕方なかった。

告白なんて、いくらされても慣れないに決まってる。

ドキドキするし、うれしいし、なんだか恥ずかしいし。

おまけに加賀さんみたいな素敵な人に言われたら、なおのこと困る。

それなのにどうしても、大志の方がドキドキが大きかったな、なんて思う私は、本当に最低でバカとしか言いようがない。

「あの、ご……」

「待って」

ごめんなさい、と言おうとしたのに。

加賀さんの人さし指が私の唇に触れて、それが遮られた。

「もう少しだけ、俺のこと考えてくれないかな」

「……へ」

「桐原さんがあの元彼をまだ忘れられないのはわかってるから。落ち着いてからでいいから、俺のこと考えて」

お願い、とまで言われたら、どう返したらいいのかわからなくなる。

コクンとうなずきそうになったけど、必死でその衝動を抑えた。

「……加賀さん」

スッと、握られた左手を離す。

向かいあって加賀さんの目を見たとき、彼はなぜか優しく微笑んだ。

「優しいよね、桐原さんって」

目を細めて笑う加賀さんが、なにを思ってそう言っているのかわからない。

私がいまからなにを言うのかわかっているはずなのに。

「もう返事するの？　べつに俺のこと使ってくれたっていいのに」

「そんなことできません」

「ほら、やっぱり優しい」

好きだなぁ、と微笑んでくれる加賀さんは、いったいどれだけ心が広い人なんだろうか。

「俺、結構本気で好きなんだよ？　気づかれてなかったと思うけど」

「……すみません」

「ううん、謝らないで。俺も相当ズルいことしてるし」

そう言いながらポンポンと私の頭をなでる加賀さんの手は、少しだけ弱々しい気がした。

「しっかりしてる子だな、笑顔が素敵な子だなって。最初は本当にそれだけだったんだ」

あたりはざわめいているはずなのに、加賀さんの声だけがまっすぐ耳に届く。

「それなのに桐原さんがあの彼だけに見せる表情や行動がかわいくて、あまりにも特別だったから。それが自分に向けられたらって、思うようになった」

加賀さんの優しくて穏《おだ》やかな声色が、私の耳に響いた。

こんな恥ずかしいことを真正面からまっすぐに言われて、照れないわけがない。

「けどね」と加賀さんは続けた。

「いまは桐原さん、彼のせいで泣いてるでしょ？」

そんなことないと言いたいのに、なにも言い返せないのが悔しくて仕方ない。

「その涙を、俺がぬぐってやりたい。そのためならいくらズルくてもつけいるよ、俺」

ポンポンとなでる手が温かくて、思わず涙が出そう。

そして次の瞬間、加賀さんの手が私を人けの少ない裏まで引っぱった。

そのまま、加賀さんの温もりが私を包む。

「好きだよ、舞ちゃん」

ドクンと、心臓が音を立てる。

私の耳もとでそうささやく加賀さんに、思わず息をのんだ。

「俺を振るつもりなら、彼と仲直りしてよ。そしてまた笑って？　そうじゃないなら、俺もあきらめるつもりはない」

まっすぐで、けれど切なげにも聞こえるその言葉に、胸が再びドクンと波打ったのが自分でもわかる。

あぁ、どうしよう。

少し。ほんの少しだけ、揺れてしまった。

「か、がさん……」

「ん？」

「そんな無茶、言わないでください」

やっと絞《しぼ》り出した言葉は、少し震えている。

「無茶？　どこが？」

「だ、だって」

言葉をつなげようとして、思わず口ごもる。

だって、大志と仲直りなんてできない。

そもそもこれはケンカなのかって言われたら、微妙ではあるんだけど。

言わなくても察しのいい加賀さんはわかってくれたらしく、ゆっくりと私の体を離した。

「笑うのはできますけど」

「うん、それは〝愛想笑い〟ね。普段の笑顔が見たいの、俺は」

「……できますもん」

「できてないから言ってるんだけど？」

私の言葉をことごとく裏返す加賀さん。

笑えてる、はずなんだけどなぁ。

そう思ってヘラッと笑って見せれば、加賀さんはあきれたように「下手くそだね」とつぶやいた。

「とにかく、それができないなら俺が舞ちゃんを笑わせるから」

「……それは」

困ります、と言おうと思ったのに、そのあとを発することができない。

揺れてる自分に、ズルイ自分に、……無性に腹が立つ。

私の日常から大志がいなくなって、たくさんの当たり前が消えたから。

だから、加賀さんといればそれも忘れられるんじゃないか、って。

そう思ってしまうんだ。

「好きだよ、舞ちゃん。だから、俺と新しい恋をしよう。いまは彼のことが忘れられないのはわかってる。忘れるために俺を利用していいから」

加賀さんが、そう言って優しい笑みを浮かべる。

いつの間にか名字から名前呼びに変わっていることにも、もうなにも言えなかった。

あぁ、ダメなのに。

私の中から大志がいなくなって別の人が入りこんできたら、私はいったいどうなるんだろう。

「絶対、幸せにするよ」

いつかの大志のセリフと被って、胸が痛い。

でも、あれだって賭けのために言っただけだったのかと思うと、私は加賀さんの言葉に無性にすがりたくなっていた。

「……加賀さん」

「うん?」

「本当に、幸せにしてくれますか?」

自分がいまどんなにズルいことをしようとしているのかなんて、わかってる。

私のその質問に一瞬目を見開いた加賀さんは、すぐに優しく微笑んだ。

「うん。もちろん」

長すぎる片想いに今度こそ終止符を打つ、チャンスだった。

涙の誕生日

今日から九月。また、学校が始まる。

『じゃ、学校がんばってね』

「はい。加賀さんも」

『うん、ありがとう』

家を出る前の五分間だけ、私は加賀さんと電話をつないでいた。

加賀さんは大学生だから、私とは生活リズムがちがう。

それでも少しでも声が聞きたいからと、加賀さんはわずかな時間を私のためにさいてくれていた。

加賀さんの優しさが、すごく身に染みる。

電話を切って、ふぅと息を吐いた。

今日からまた大志と顔を合わせる。

結局夏休み中は一切連絡をしなかったから、余計にどんな顔をすればいいのかわからない。

気合を入れて家を出た瞬間、目を見開いた。

「舞」

夏休み前のように早めに家を出たというのに、私の家の前には、いま一番会いたくない人物が立っている。

な、んで。

いつもの時間じゃないのに、なんでいるのよ。

文句はたくさん湧き出てくるというのに、いざ大志を目の前にするとなにも言えなくなってしまう。

……会いたかった。

心の奥底に押さえこんでいる気持ちがぽろっと口から出そうで、必死に飲みこむ。

九月になっても一向に気温が下がる気配はなく、まだ朝にもかかわらず、太陽はじりじりと照っていて暑い。

大志の額にうっすらと汗がにじんでいるのがわかった。

こいつは、いったい何時から人の家の前で待っていたというんだろう。

「……なに」

通り過ぎようにも、玄関前に立たれちゃこっちも身動きが取れない。

仕方なくやつに向けて久しぶりに発した声は、自分が思っていた以上に低いものだった。

「一緒に行かね？　学校」

そう言われて、瞬時にうれしさが込みあげてくる。

けれど、私はまだこいつと〝親友〟として接するまでに気持ちが回復していない。

大志はバカだけど優しいから。

だから、少しでも早く親友に戻ろうと、こうして歩みよってくれているんだと思う。

でも、私は。

「ごめん、まだ無理かな」

まだ、あんたへの気持ちが消化されていないんだ。

「舞……」

「ごめん、大志」

大志に名前を呼ばれるたび、胸がドキドキと波打つ。

だって、四年も好きだったんだ。

簡単に忘れられる方がどうかしてる。

好きだよ、大志。

そう口にできたらどんなに楽か。

目を見たら言ってしまいそうで、私は下を向いて大志の真横を通り過ぎた。

いや、正確には通り過ぎようとしたんだ。

それなのに。

「舞」

大志が私の手をつかむから、足が止まった。

「舞がなんと言おうと、俺は舞と一緒に行くから」

「……どんだけ自分勝手なのよ」

思わず憎《にく》まれ口が出る。

本当、自分勝手でバカなんだから。

あきれているくせにうれしいと思ってしまうのは、本当にどうかしてると思うけど。

「私、しゃべんないからね」

「それでもいいよ」

「……今日だけだから」

一緒にいたら余計に苦しくなって忘れられなくなることくらいわかるのに、私は結局このバカといることを選ぶんだ。

「舞、好きだよ」

「……バカ」

その言葉がもう恋人としての言葉ではないことくらいわかるのに。

こいつの言葉一つひとつが、いちいち私の鼓動《こどう》を早めていった。


「あれ？　なんでふたりが一緒に？」

「……知らない」

学校に着いて教室へ入ると、先に来ていた莉里が私の横にいる大志を見て目を丸くした。

私はわざと知らんぷりをしてそのまま席へ着くけど、大志も当然自分の席に座る。

……私のとなりへと。

「舞、どういうこと？」

「いや、ちょっと……」

この異様な光景を不思議に思ってか、莉里がこっそりと耳打ちをしてくる。

それに対して私は苦笑いしかできず、詳《くわ》しい説明は昼休みまでお預けとなった。

「なるほど、そういうことね」

「はぁ……。どうしよう、莉里」

待ちに待った昼休み。夏休み前までなら教室で食べていたお弁当も、大志がいるからという理由でわざわざ中庭にまで移動してきた。

「やっと動いたんだね、大志くん」

「え？　なんか言った？」

「ううん、こっちの話」

莉里がなにやらボソッと言った気がしたけど、聞きとれず。

「あ、あともうひとつ話してないことあったんだけど」

「ん？　なに？」

そして昨日の夏祭りでの出来事も合わせて話すと、莉里は箸《はし》でつまんでいた卵焼きをポロッと落とした。

でもどうやら、それは驚いたとかそういうことではないらしい。

「あちゃ〜、加賀さん、このタイミングを突いてきちゃったのか」

「え？」

私が思っていたのとはちがうリアクションをした莉里に首をかしげる。

「舞。あんまり言いたくないけど、それじゃあ大志くんと付き合う前の舞と一緒だよ？」

私の気持ちをわかっている莉里だからこそ、その言葉が心に突きささった。

わかってる。

いくら加賀さんが優しい人だからって、それに甘えてこのまま大志への気持ちを終わらせないでいては、いままでとまったく同じ。

「舞はどうしたいの？」

莉里が真剣な目で私を捉えた。

「わたし、は……」

「大志くんへの気持ちを完全になくして、親友に戻るの？　それで加賀さんのところで幸せになる？」

直球なその質問に、いまの私は答えられない。

「舞が決めないとダメなことだよ」

押しだまった私に、莉里の言葉が刺《さ》さる。

たしかに、そうだ。

こんなに大志のことでモヤモヤしてるくせに、加賀さんに甘えるだなんてそんな無責任なことはできない。

これは私が、自分ではっきりしないといけないこと。

でも……。

「大志とは、まだ普通にはできないよ」

悔しいけど、私があいつを忘れるためには、まだ時間がかかりそう。

付き合えたきっかけが賭けだったことよりも、大志が私の次の彼女候補を決めたことよりも。

なによりも、それらを知った上でもこうしてうじうじして、あいつのことが忘れられない自分に一番腹が立つ。

「不器用だよね、ふたりとも」

そんなことを考えていたから、莉里がつぶやいたその小さなひと言は聞きとれなかった。

「ねぇ、誰だろうあのかっこいい人！」

放課後になって、クラスメイトの女の子のひとりが、教室の窓から外を見てはしゃぎだした。

その騒ぎに乗じて私も莉里と窓の外へ視線を向けて、ごくんと息をのむ。

「お迎え来てますよ、お姉さん」

「……うん」

そこに立っているのは、紛れもなく加賀さん。

今日はバイトのシフトが被っていたから、《一緒にＣＡＴに行こう》とさっきメッセージが届いていた。

「え〜。誰かの彼氏かなぁ。あんな優しそうなイケメン彼氏、うらやましい！」

うっとりしているクラスメイトにバレないように、そそくさと荷物をまとめる。

「がんばって」と言ってくれた莉里にバイバイして、教室を出ようとしたその瞬間だった。

——パシッ。

腕をつかまれ、その足が止まる。

振り返らなくても、誰かはすぐにわかった。

「……どういうこと？　あれ」

低く、機嫌の悪そうな、それでいてどこか焦ったような声が耳に響く。

「なんで舞のバイト先の人があそこにいんの？」

そのセリフがヤキモチのように聞こえるなんて、私の耳はよっぽど都合がよくできているらしい。

「あんたには関係ないでしょ」

さんざん意識してはっきりさせなくちゃと思いながらも、私は意地っぱりでかわいくないそんな言葉を返すので精いっぱいだった。

久々に触れた大志の熱に、心臓が音を立てる。

加賀さんと付き合ってるとはっきり言えないのは、私が弱いからなんだろうか。

「じゃあ私、行くから」

「おいっ、舞！」

大志の腕を振りほどいて歩きだす。

知りあいに見られたくなかったズルい私は、裏門に来てほしいと加賀さんにメッセージを送った。

「舞ちゃん」

「すみません、こんなところまで来てもらっちゃって」

「ううん、いいよいいよ。あんなに注目されるところで俺といるの見られるの、気まずいよね」

私のワガママなのに、加賀さんは笑って許してくれる。

甘えてばかりなのが本当に申し訳ない。


「……え？　なんでふたりが一緒にいるの？」

CATに着くと、なぜか松永くんがお店から出てくるところに遭遇《そうぐう》した。

私と加賀さんが一緒に歩いてきたのを見て、今朝の莉里と似たようなセリフをこぼして目を丸くしている。

「松永くんこそ。今日シフト入ってないでしょ？」

いつもそうだ。松永くんに確信を突かれるのがイヤで、私はついつい話をそらしてしまう。

いまもまさにそうで、話をそらした私に顔をしかめながら「忘れものを取りに来た」と松永くんは教えてくれた。

「だから、そうじゃなくて。僕はなんでふたりが一緒に出勤してるのかって聞いてるんだけど」

けれど、今回の松永くんは話を変える気はないらしい。

また話題を戻して、私から答えが返ってくるのを待っている。

「付き合うことになったんだよ。俺と舞ちゃん」

私がいつまで経っても口を開かないものだから、となりにいた加賀さんが私の代わりに松永くんにそう告げた。

「は？　冗談でしょ？」

その言葉に、松永くんは目を見開く。

それが普通の反応だと思う。

松永くんの中で私は最低な女にでも映ってるのかなぁと、心の中で自分の弱さに自嘲《じちょう》した。

「その話、僕信じたくないんだけど」

松永くんは大志とも仲がいいから、そう言ってるんだろう。

私と大志の間になにがあったか知らないから、そんなことが言えるんだ。

「信じたくなくても、事実だよ」

さんざん相談に乗ってもらっていたのに、私はいまどんな顔をしているんだろうか。

大志への想いを知っていた松永くんだからこそ、私は彼の目をこれ以上まっすぐに見られなかった。

ましてや、となりにいる加賀さんがどんな表情で私を見ていたかなんて知るよしもない。


それから一週間経っても、私はなにも変われずにいた。

大志の存在を意識しすぎる毎日。そして、加賀さんに甘える日々。

変わったこととといえば、ひとつくらい。

「ご注文は?」

「ガーリックサンドふたつ。あと水も」

それは、大志がこの一週間、私がバイトの日には必ずCATに姿を現していること。

どういう風の吹きまわしかは知らないけれど、それは先週突然始まった。

当たり前のように厨房に一番近い窓側の席へと腰を下ろし、いつものメニューを頼んでいく。

今日もまた、そのパターン。

「愛されてるね、桐原さん」

「わっ、ビックリした」

「あはは、ごめんごめん」

トレーに出来立てのガーリックサンドをのせたタイミングで後ろから声をかけられ、思わず落としそうになった。

振り返ると、そこには今日同じシフトの松永くんの姿。

先週の私の失礼な態度を全然気にする様子もなく、松永くんは普通に接してくれている。

まぁ……加賀さんとのことは認めてもらえていないみたいだけど。

「愛されてるって……」

思わずトレーにのったあいつの注文した品を見つめ、ブンブンと首を振る。

流されそうになって、そんなことはありえないと自分に言いきかせた。

都合のいいように考えたって、現実はそうじゃないことくらいわかってるから。

大志は、私と親友に戻ろうと努力してくれているだけだ。

それを、弱い私が避けてるだけ。

「本当に別れたの？　桐原さん」

「……前も言ったでしょ。別れました」

「えー。やっぱり信じたくないなぁ」

私の報告を聞いたはずなのに、いまだに松永くんは疑ってかかる。

しつこいよ、松永くん。

私はあいつとクラスの男子たちの標的にされた、賭けの対象なだけなんだから。

それにあいつには私と別れたあとの次の候補が……って、あ。

「ん？　どうかした？」

「いや、べつに」

自分で考えておいて墓穴を掘《ほ》ったことに気づいたが、もう遅い。

そうだ。大志は私と別れたんだから……。

『桐原さんと別れたら、次は私と付き合ってくれる？』

『いいよ』

大志にはいまきっと、彼女がいる。

あぁ、なんで思い出しちゃったんだろう。

バイト中だというのに、胸が痛くて仕方ない。鼻もツンとしてきた。

「桐原さん？」

「……るよ」

「え？」

松永くんは関係ないというのに、私は思わずポロッともらす。

「いるよ、大志。……かわいい新しい彼女が」

彼女なんて存在、この四年間となりで何度も見てきたのに。

いままで以上につらい気がするのは、たとえゲームでも大志とたしかに付き合っていたからだ。

「え？　嘘でしょ？」

「いる。多分いる。ていうか絶対いる」

「お、落ち着いて桐原さん。ね？」

なだめてくれる松永くんを横目に、冷めてきているガーリックサンドをジトッと見つめる。

私にだっていま加賀さんという人がいるというのに、なんて自分勝手なんだとは思うけど。

「悪いけど松永くん、これあいつのところに運んできてくれない？」

こんな事実を思い出した直後で、大志の前にまで行くのはいくらなんでも無理だ。

そう思って松永くんに押しつけ、私は逃げるようにホールから離れた。

「ひどいなぁ、桐原さん」

「ご、ごめん」

運んでいってくれた松永くんが、苦笑しながら戻ってきた。

押しつけてごめんね、松永くん。

心の底から申し訳ないと思いながらも運んでもらってホッとしている自分がいる。

「あいつ、本当に新しい彼女いるの？」

「え？」

「だって、桐原さんのことしか考えてないって感じだよ、桐谷のやつ」

ほらと指をさすから、つい大志の座る席に目を向けると、バチッと視線が合う。

とっさにそらしたけど、私の心臓はバクバクしていた。

「僕がたきつけちゃったんだよね」

そんな私を見ながら、松永くんは唐突にそんなことを言う。

首をかしげる私に、彼はいたずらに笑った。

「大好きな彼女がちがう男になびいちゃうよって、言っちゃった」

「……はい？」

目の前のこの人は、いったいなにを言っているんだろうか。

「先週。桐原さんの学校行ったんだよね、僕。桐谷に会いに」

「えっ？」

「桐原さんが奪われるよって言いに行ったんだよ。加賀さんの名前はさすがに出してないけどね」

開いた口がふさがらないとは、まさにこのこと。

松永くんとは学校がちがう。なのに、なんで松永くんがそんな……。

「だから桐原さんがシフト入ってる日は必ず来てるんだよ、あいつ。桐原さんを奪われるのがイヤだから」

愛されてるね、ともう一度松永くんはそう言った。

……やめてよ。

心の中でそう言っても、当然松永くんには聞こえない。

そんなこと聞かされて、ドキドキしないわけないじゃない。うぬぼれないわけないじゃない。

……忘れたいのに、勘違いしてしまう。

「舞」

大志が、私を想ってくれてるって。

「な、に……」

名前を呼ばれて、それが声だけでも誰かわかるのに反射的に振り返っていた。

さっきまで向こうで座っていたはずの大志が、いま目の前にいる。

声が震えて、うっすらと視界がにじんだ。

「いいよ、裏行ってきて。いま空いてるし俺だけでも十分まわせる」

この状況を客観的に見ている松永くんは、サラッとそう言って私の背中を押した。

「行こ、舞。少しだけでも話がしたい」

「……でも」

「いいから行っておいでって、桐原さん。早く」

真剣な大志と、それを渋る私。

そして、背中を押してくる松永くん。

私は「五分だけだから」と制限時間を設けて、大志とお店の裏へ向かった。

「舞」

「なに？」

「俺の話、聞いてくれる？」

明るい店内とはちがって、この場所は静かで少し薄暗い。

本当は、話なんて聞きたくない。

ただ真実を突きつけられて終わることくらいわかってるから。

それでも、向きあわなきゃいけない。

だから、無言でコクリとうなずいた。

「傷つけてごめんな」

しょっぱなから、このバカは私を泣かせようとしてくる。

やめてよ。まだ仕事残ってるのに。

キッとにらもうとして顔を上げたのに、私を捉える大志の目は初めて見るほどに切なげだった。

「な、んで」

なんであんたが、そんな顔するの。

こっちまで切なくなって、けどなんだか少し腹立たしい。

「あんたのこと、本当に好きだったのに」

「……うん」

「私が意外と傷つきやすいの、あんたが一番よく知ってるでしょ……」

「うん、よく知ってるよ」

「だったら！」

なんで賭けなんてしたの？

そう出かかった言葉を、とっさにのみこんだ。

言ったところで、いまの状況は変わらない。

それに、多分こいつなら私の言いたいことはわかってるだろうから。

「好きだ、舞。本気でお前が好き」

大志が、まっすぐ私の目を見てそう言った。

でも私がその言葉を半信半疑に思っているのが伝わったのか、大志はさらに言葉を重ねる。

「嘘じゃないからな」

真剣な目が、私を捉える。それでも、疑惑《ぎわく》はぬぐえない。

「……新しい彼女いるくせに」

自分のことを棚に上げて、思わずそう言った。

『好きだ』と言われてドキドキして、うれしいはずなのに。

つい私の口から核心《かくしん》をつく言葉が飛び出す。

「は？　なんの話して……」

「知ってるんだからね。あんたが女の子に告白されて、次の彼女候補にしたこと」

もう付き合ってるんでしょと震える声を抑えて言うと、大志が一歩私に近づいた。

「な、なによ」

急に近くなった距離に、思わず半歩下がる。

「なんで知ってんの？」

「聞いたの。図書室の前で」

「……は？　マジ？」

信じられないと言わんばかりに目を見開いた大志。

「どこまで聞いたんだよ」

「さぁ。あんたが次の彼女になるのを許可したあたりじゃない？」

「……最悪」

はぁっと盛大にため息をつきながらしゃがみこむ。

「聞くなら最後まで聞けよ、このバカ」

そして、私に暴言を吐いた。

「はぁ？　バカってなによ」

「バカはバカだろ。中途半端《ちゅうとはんぱ》に聞いて誤解するとか」

「……誤解？」

思わず憎まれ口をきくと、大志はそう言って私の目をじっと見つめる。

「舞。俺には舞だけだよ？」

「だから……」

「新しい彼女なんていない。その予定もねぇから」

信じて、と告げられて私はグッと引きさがる。

……なに、それ。

「つうか、お前こそいいんだろ。……彼氏」

次に大志が核心をついてきた。

あんたにそんなこと言われたくない。

「私、やっぱり〝来るもの拒まず、去る者追わず〟が似合ってるみたい」

どうして私は、こいつの前では変に強がってしまうんだろう。

「……五分経ったね」

「舞」

「仕事、戻る」

弱い自分が本当にイヤになる。

いまの話がまた嘘でした、なんて言われたら、今度こそ親友……いや、友達にすら戻れない。

「今日の夜！　起きてろよ！」

背中を向けてお店に戻ろうとした私に、後ろで大志がそう言った。

大志の言葉を信じたいのに、それができない。

ドキドキと鳴りやまない心臓を押さえて、私は仕事に戻った。

その日の夜。

十一時を過ぎたところで、私のスマホが音を立てた。

表示された名前は……〝大志〟。

これまでずっと無視していたくせに、私はとっさに応答のボタンを押していた。

思っている以上にうぬぼれている自分がいる。

「……もしもし」

『お、出た』

出ないと思っていたんだろうか。

電話に出て大志の第一声は、驚きの声だった。

大志と電話をするなんて、ひどく久しぶりな気がする。

最後に電話したのは体育祭の時期だから、もうかれこれ二カ月前だ。

『バイト、お疲れ』

「ん。ありがと」

くだらない話をしていた頃がなつかしいくらい、いまの私たちはお互いに話す内容を探っている。

『舞』

数秒の沈黙のあと、大志が私の名前を呼んだ。

芯《しん》の通った声に、ドクンと胸が鳴る。

『俺、舞のことはただ仲がいい親友だと思ってた』

そして紡ぎ出された言葉は、私の胸をキューッと締めつけるには十分だった。

やっぱりそうだったんだ。

そう思った私に、「でも」と大志は言葉を続ける。

『それは中学までの話。高校に入ってからどんどんかわいくなってモテ始める舞を見て、俺、やっと気づいたんだ。舞を誰にも取られたくないって』

「え？」

『彼氏が次々とできる舞を見て、自分でも信じられないくらいに嫉妬してたんだ。遅いよな。このタイミングでお前への気持ちを自覚するなんて。んで、そのときに例の賭けの話が持ちあがった』

初めて聞く話ばかりで、顔に熱が集中する。

嘘だ、とかそんなふうに決めつける余裕なんてなくて、電話越しに聞こえる大志の声に、素直に耳を傾《かたむ》けた。

『最初は本気でやるつもりなんてなかったんだぞ。なのにターゲットに舞の名前が上がって、いても立ってもいられなくなって。……気づいたら、立候補してた』

ドキドキと心臓がうるさい。

思ってもみなかった賭けに絡んだ大志の心情に、私の視界はにじんでいた。
『舞を誰にも取られたくなかった。それくらい、俺はお前を好きになってたんだ』
だからあのときした告白は本心だと、大志は続ける。
『舞、好きだよ』
ドクンと、胸が大きな音を立てた。
『最低な手段取って、傷つけてごめん。けど本気で好きなんだ、お前のこと』
もう頬には涙が伝っていた。
あぁ、ダメだ。
大志を忘れることなんて全然できない。
「た、いし」
『ん？』
どうしても、気持ちがあふれ出て仕方なかった。
私にはいま『幸せにする』と約束してくれた人がいる。
……それでも。
「会いたい……っ」
会いたい。いますぐに。
電話越しに、クスッと笑う大志の声がした。

その背後で、ヒューヒューと風の音が聞こえる。
『窓の外見て、舞』
大志のその言葉で、反射的に体が動いていた。
カーテンを開け、窓を開け、見下ろした先にいたのは——。
『ハッピーバースデー、舞』
正真正銘、私がいま一番会いたい人。
なんで、とか、もうそんなことを考える余裕すらなかった。
電話を切ることも忘れて、急いで部屋を出て玄関の外に出る。
「おめでとうを言うには五分早かったな」
大志だ。大志がいる。
そのことがどうしても信じられなくて。うれしくて。
ヘラッと笑う大志が愛おしすぎて、涙が余計に止まらなくなった。
「舞の顔、久々にこんな近くで見られた」
うれしそうにそうこぼしたのが聞こえて、私の背中に大志の腕がまわる。
拒めない自分が、これからどうするべきかを教えてくれた気がした。でも……。
大志のつけている腕時計が、零《れい》時を示す。
「私は……」

幸せにしてくれる人

誕生日の放課後は、加賀さんが時間を作ってくれることになった。

《誕生日おめでとう。お祝いにどこか出かけようか》

深夜零時ぴったりに、そんなメッセージが来ていたのだ。

店長の意向でCATに飾《かざ》っているカレンダーにはスタッフ全員の誕生日が書かれているから、それで知ってくれていたんだと思う。

本当、よくできた人だなぁと感心する。

そんな素敵な人なのに、私は大志への気持ちがあふれて止まらなかった。

どうしよう。

大志のあの話が本当なら、私は期待してしまう。

まだあいつのことが好きだ。

隠そうとしてきたけど、まだ未練なんてたらたら。

たとえどんなにこっぴどく振られても、私はあいつのことを忘れることはできないのかもしれない。

——でも。

『私は——もう大志とは付き合わない』

決めたんだ。私には、幸せにすると言ってくれている人がいる。

「舞ちゃん」

この人なら私は、笑っていられるんだ。


裏門で待ってくれていた加賀さん。

そのとなりには、白い車が停まっている。

「加賀さん、運転できるんですか？」

「そりゃね。こう見えても俺、大学生だよ？」

笑うその表情がまぶしい。さわやかだ。

「はい、どーぞ」

助手席のドアを開けてくれるので、素直に乗りこむ。

両親以外の人が運転する車なんて初めてだから、少しだけ緊張する。

「そんなに硬《かた》くならなくていいよ。俺にまでうつっちゃう」

「あっ、すみません」

「ははっ。そんなところもかわいいからいいんだけどね」

サラッと甘い言葉を言ってくるのは、ズルい。

なんだか恥ずかしくなってうつむく私に、加賀さんは「じゃあ行こっか」と車を発進させた。

いつも登下校でゆっくり歩いて通る道を、早々と駆けぬけていく。

「どこに行くんですか？」

「ん？　舞ちゃんが喜んでくれそうなところ」

行き先を聞いても、加賀さんは教えてくれなかった。

まだ空は明るい。


「ここだよ」

「え、ここって」

車を走らせること三十分。着いたのは、去年オープンしたばかりの水族館だった。

こんな時間にまさか水族館に来るとは思わなかったから、正直驚く。

荷物は車内に置き、事前に加賀さんが用意してくれていたチケットでゲートをくぐった。

「わ〜！　かわいい！」

入ってまず正面にあったのは、熱帯魚の水槽《すいそう》。

カラフルな魚たちが優雅《ゆうが》に泳ぐのを見て、思わず近くまで駆けよる。

後ろからクスリと笑う声がして、はっとした。

「そんなに喜んでもらえるとは思わなかったよ」

目を細めて、うれしそうに加賀さんが微笑んでいる。

子どもっぽかったかな、なんて急に恥ずかしくなったけれど、夏祭りのときよりも加賀さんの前で素直になれている自分に気がついて、めいっぱい楽しむことに決めた。

そのあともいろんなところをまわって、かわいい魚たちをながめる。

「舞ちゃん。こっちこっち」

加賀さんが手招きをしたところに行くと、そこには夜の海の空間が広がっていた。

「わぁ！」

大きな大きな水槽。中はライトアップされていて、暗い水槽の中を泳ぐ魚たちが紫《むらさき》や青の光で照らされている。

〝幻想的〟。まさにその言葉がぴったりな空間だ。

「ここ、〝夜の水族館〟で有名なんだ。俺も初めて来たんだけど、綺麗《きれい》だね」

感動する私の横で、優しい加賀さんの声が聞こえる。

「舞ちゃん。誕生日おめでとう」

このタイミングでその言葉を紡がれて、私はいま、幸せだと思った。

大志じゃなくたって、私はいまこうして笑っていられる。幸せでいられる。

そっと私の左手が包まれて、この場にそぐわない感情が生まれたことなんて気にしない。

この手じゃない、なんて……そんなこと思ってはいけないんだ。

「ありがとうございます」

ヘラッと笑って、お礼を言う。

こんなに素敵な誕生日はないじゃないか。わざわざ私のために時間を割いてくれるなんて、そんなうれしいことはない。

「本当に、ありがとうございます」

笑う私を捉えた加賀さんの瞳が、一瞬切なげに揺れた気がした。

帰りの車内は、どこか静かだった。

会話はある。けど、続かない。

「加賀さん？」

「ん」

名前を呼ぶと、ちゃんとやわらかい声で返事をしてくれる。

でも、なんだろう。この感じ。

私、なにかしたんだろうか。

「舞ちゃん」

加賀さんが私の名前を呼んだのは、そんなとき。

車はいつの間にか停まっていて、窓からは綺麗な街明かりが見えていた。

「外、出ようか。綺麗だよ」

「あ、はい……」

どこか気まずい雰囲気の中、私たちは外に出る。

さっきの水族館に負けないくらい綺麗なはずなのに、はしゃぐことはできなかった。

「俺、舞ちゃんのこと幸せにできてる？」

「え？」

なにを言われるかと思えば、そんな言葉。

一瞬なにを言われているのかわからなくて、理解するのに時間がかかった。

「俺、舞ちゃんに無理させるつもりはなかったんだ」

苦笑する加賀さんの表情に、胸がギュッと苦しくなった。

私、加賀さんを傷つけてる……？

「舞ちゃん、ずっと彼のこと考えてるでしょ」

「そ、そんなこと」

「ないって言える？」

言い返せなかった。答えられない自分が悔しい。

「楽しそうに笑ってくれるけど、いつもどこか上の空だよね」

加賀さんにまっすぐに射貫《いぬ》かれて、目がそらせない。

「好きだよ、舞ちゃん。……君はいま、誰を想ってる？」

加賀さんは、すべてお見通しなんだろうか。

言えない。まだ心の片隅《かたすみ》に、あいつの存在があるだなんて。

「舞ちゃん。俺のお願い、ひとつだけ聞いてくれる？」

押しだまる私に、加賀さんはにこりと笑った。

「冬樹って呼んでほしい。そしたら、もう舞ちゃんを縛《しば》ったりしないから」

〝縛る〟。

そんなことを思わせていたことが申し訳なくて、視界がにじんだ。

「わ、私っ、加賀さんと……！」

「いいよ、舞ちゃん。無理しないで」

ポンと優しい手が私の頭をなでる。

無理なんかしてない。私は、加賀さんといるって……。

「ほら、呼んで？　お願い、舞ちゃん」

ズルいよ。そんなこと、言わないで。

私が泣くなんておかしいのはわかっているけど、涙があふれて止まらない。

そんな私に追い打ちをかけるかのように、制服のポケットでスマホが音を立てた。

なんとなく、出てはいけない気がした。

それなのに、加賀さんは「出なよ」と音の鳴る方を指さす。

ポケットから出すだけ出して、その画面に表示された名前に目を見開いた。

なんで、このタイミングで……。

「すごいね。なにか察知したのかな」

それは加賀さんにも見えていたみたいで、苦笑している。

「出ないの？」と言われたけど、応答ボタンを押す勇気はなかった。

プツンと、画面が暗くなる。

「呼んでるんじゃない？　舞ちゃんのこと」

その言葉にうぬぼれそうになって、あわててかき消した。

「行きなよ。好きなんでしょ？」

確信している目。

その瞳は揺れているのに、優しく私を見つめている。

「……ふ、ゆき、さん」

そっと、初めて口にする名を呼んだ。

「うん」

優しく微笑まれて、ポロポロと涙がこぼれる。

こんなに優しくて素敵な人、ほかにいない。

それなのにどうして、私はあいつじゃなきゃダメなんだろう。

「わ、私と……」

「俺と、別れてください」

最後まで言ったのは、冬樹さんの方だった。

私、なにをしているんだろう。

こんなにも私を見てくれていた人にこんなことを言わせて。こんな表情をさせて。

「ほら、行っておいで。〝桐原さん〟」

涙が止まらない。

傷つけてごめんなさい。自分勝手でごめんなさい。

でも、それよりも伝えたいことは――。

「ありがとう、冬樹さん」

短い時間だったけれど、私はあなたといられて幸せでした。

「少しは君を幸せにできたかな、俺」

その問いには、いま私ができる最大の笑顔を向ける。

「そっか。よかった」

それから私は、途切《とぎ》れた電話の相手の元へと駆けだした。


まっすぐに風を切って、走る。

見慣れた曲がり角を曲がると、そこにはもう何度来たかわからない大志の家がある。

乱れた息を整えて、震える手で着信履歴を押した。

一コール、ニコール、三コール……。

ドキドキする胸の音がうるさい。

『……はい』

ようやく聞きたかったその声が聞こえて、ひゅっと喉《のど》の奥が音を立てた。

「た、いし」

『舞』

大志の口から私の名前が聞けただけで、こんなにもうれしくなる。

あぁ、重症《じゅうしょう》だ。

けれどその気持ちがなんだか心地いい。

「話したいことが、あるの」

気持ちを伝えることがこんなにも緊張するだなんて、思わなかった。

それでも、言いたい。伝えたい。

私は、大志が。

「大志のことが、好きです」

少しの沈黙が、すごく長く感じた。

これで振られたっていい。もう、自分に嘘はつかない。

『舞。いまどこにいんの？』

ガチャッと音が聞こえたから、もしかして、会いに来ようとしてくれているんだろうか。

「どこだと思う？」

『は？　お前なぁ。ふざけてないで……』

目の前の家の扉が開いた。

中から出てきた大志が、私の姿を見て目を丸くする。

「たい――」

大志、と呼ぶ前に、私は大好きな人の腕の中にすっぽりと納まった。

「舞」

優しい低音が耳をかすめる。

「いまの、本当？」

少し震えた声でそう聞かれて、私はコクリとうなずいた。

恥ずかしい。くすぐったい。でも、言葉を伝えられることがうれしい。

その体温にもっとすがりたくて私も腕をまわすと、さらに力強く抱きしめられた。

「好きだ、舞。俺もお前が好き」

うれしすぎる言葉に、涙がにじむ。

「もう一回俺と、付き合って」

強く願うような、大志の声。

いいんだよね、素直になって。

私はもう、自分の気持ちに嘘はつかない。

背中を押してくれた、冬樹さんのためにも。

「うん。もちろん」

大好きだよ。

私は、大志のそばにいられればそれだけで幸せになれるんだ。

ほしくてたまらない存在

「……そっか。ちゃっかりヨリ戻したんだ」

「ちゃっかりって」

再び想いを通じあわせた次の日。

俺は舞と一緒に、例の大学生に会うためCATに来ていた。

舞は今日シフトが入ってないけど、そいつは入っているから。

莉里に昼間バシッと叩かれた背中が、いまだにジンジンする。

「だってそうでしょ？ 俺が舞ちゃんに近づいたことに焦って手を打ったんだから」

「まぁ、それは否定できないっすけど」

「やってくれたね。えっと、桐谷くん？」

「名前覚えてなかったんすね」

あいまいに俺の名前を呼ぶ大学生、もとい加賀さんはそう悔しそうに笑う。

「まぁまぁ、そんなにらむなって。彼女の前だぞ」

「……あんたムカつく」

「君よりは年上だからね」

余裕そうに見えるその笑顔が、自分の嫉妬も交ざってなんだか腹立たしかった。

「冬樹さん、その、ごめんなさい」

「ううん、謝らないで。よかったんだよ。桐原さんが笑顔になったんだから」

「でも」

となりで謝る舞に、加賀さんは優しく微笑んだ。

……こいつ、本気で舞のこと。

その表情はそう気づくには十分で、思わず俺も一緒に頭を下げる。

「君まで謝る必要はないんじゃない?」

「……いや、なんとなく」

「ったく、律儀《りちぎ》な男だな」

ポンと俺の肩に置いた加賀さんの手は、どこか力強くて。

「もう二度と彼女を泣かせるなよ。いつでもまたさらってやるからな」

「望むところです」

それからフッと笑うと、加賀さんは舞の頭を一度だけなでてから仕事へと戻っていった。

「あ〜。これからも舞はあいつと一緒に仕事すんのか……」

「それは仕方ないでしょ」

「くそー」

CATを出て帰り道を歩きながら、俺はやりきれなくて空を仰ぐ。

こんなことで嫉妬するなんて小さいかもしれないけど、それくらい俺が抱《いだ》く舞への気持ちは大きかった。

「大丈夫だって」

ギュッ、と。

俺の左手に舞の右手が重なったのは、そんなとき。

思わずドキッとして舞の顔を見ると、とびきりの笑顔を浮かべた。

「私は大志しか見てないから」

そんなことを彼女に言われて、喜ばない男がいるだろうか。

その声も、笑顔も、すべてが愛おしすぎてどうにかなりそうだ。

舞のこんなかわいい姿をとなりでもう一度見ることができて、そしてこれからもこの場所から見ていられるなんて、〝幸せ〟という言葉以上に見合うものはない。

「……舞さん、抱きしめてもいいですか」

「は？　なんでそうな……ちょっとっ！」

通りかかった路地裏へ、つながれた手を引いていく。

そしてそのまま強く抱きしめると、なんだかんだで舞も俺の背中に手をまわしてくれた。

いまのは、ダメだ。不意打ちすぎる。

「かわいすぎだろ、お前」

「は、はぁ？」

俺の腕の中で照れているであろう舞が、かわいくて仕方ない。

「本当、お前なんなの。好きすぎてムカつくんだけど」

挙げ句にはよくわからない告白もしてしまうし。

「それはこっちのセリフなんだけど」

でも、舞も負けじとそう言ってきた。

「あんたのことが好きすぎて、ほんっとにムカつく」

そう言いながらも、さらに抱きしめる力が強くなっているのが伝わってくる。

あーもう、どうしてくれようか、このかわいい生きもの。

「とりあえず、どっかのカフェにでも寄って帰る？　舞の誕生日祝いってことで」

「ん、行く」

素直に返事をする舞が、本当にかわいい。

俺たちはそのまま手をつないでカフェへと向かい、ささやかながら少し遅れた舞の誕生日祝いをした。


「なんで土曜の昼間から……」

「まぁまぁ。アイス買ってやるから」

「……バニラなら許す」

「任せろ」

その週の土曜日。

母さんの買い出しに駆り出された俺は、暇だと嘆《なげ》いていた舞を誘っていつものスーパーへと来ていた。

しょうゆを買い忘れたから買ってこい、なんて無理強いされたけど、まぁ舞がいてくれるならそんなことも全然アリだ。

「ポテチはいいの？」

「昨日食った」

「さすがすぎてなにも言えないです」

「そりゃどーも」

まったく恋人の会話らしくない、俺らの会話。

けどそれがどうも心地よくて、幸せで。

にやけそうになるのを必死に抑えていることを、きっとこいつは知らないんだろう。

「大志ん家寄ってってていい？」

「は？」

スーパーの帰り道、俺の家を通過する手前で舞は急にそんなことを言ってきた。

「せっかくだからお家デートでもしようよ」

ヘラッと笑うこいつは、自分がなにを言ってるのかわかってるんだろうか。

「アイスが溶《と》けちゃう」とまで言われて、俺は迷いながらも舞を家へ入れる。

「あら舞ちゃん。いらっしゃい」

「こんにちは、お邪魔します」

玄関へと出てきた母さんは、突然の舞の登場にもうれしそうに笑っていた。

「さっそく食うのかよ」

「え？　もちろん」

部屋に入った舞は、ベッドを背もたれにしてちょこんと座りこむと、さっき買ったアイスのふたを開ける。

「大志も食べる？」

「んー。じゃあひと口」

となりへ腰を下ろすと、当たり前のように舞が使っていたスプーンを受けとってひと口だけバニラアイスをもらった。

「チョコの方がうまい」

「もう、わかってないなぁ」

バニラよりチョコ派な俺から言わせれば、アイスなら断然チョコ味。

それでも舞の一番はバニラ味らしくて、おいしそうに食べていた。

その姿が、妙に愛おしく思えてきて。

「あ、そういえばさ……んっ」

なにかを思い出したかのように俺に顔を向けた舞の唇に、思わずキスをした。

「な、に。急に」

「なんか、つい」

突然の出来事に顔を赤くした舞に、クスリと笑う。

「そういえば、なに？」

「わ、忘れた……」

「ははっ、バーカ」

「誰のせいだと！」

ムキになってにらんでるのかもしれないけど、そんなのかわいいだけ。

「もうアイス食べ終わった？」

「へ、あー……うん」

「そう。だったら」

クイッと顎《あご》を上げて、もう一度キスを落とす。

「舞のこと、うんと甘やかしてもいいよな？」

「ちょ、待っ……んんっ」

三回目のキスは、とびきり甘くて深いものを。

抵抗しようとしてるのか俺の胸を押し返そうとしてくるけど、あいにく全然力が入ってない。

顔を真っ赤にさせて潤《うる》んだ目で俺を見つめてくるその表情は、〝もっと〟と言ってるようにしか思えなかった。

「……バニラ味」

俺のその言葉に、舞の耳は真っ赤に染まっていく。

「あれ、照れた？」

「もう、わかってるなら言わないで……っ」

かわいくてつい意地悪を言うと、恥ずかしそうに俺の胸に顔をうずめた。

なにこれ、かわいすぎんだろ。

いよいよ我慢がきかなくなってきた俺は、舞をギュッと自分の腕の中へ抱きしめる。

「どうしよう。俺、いますぐ舞の全部がほしい」

耳もとでそっとささやくと、ビクッと震えたのがわかった。

かわいすぎて、もう舞が欲しくてたまらない。

「おばさん、いるし……」

「声抑えろよ」

「なっ……！」

ちゅ、とリップ音をわざと立てたとたん、舞はさらに顔を赤くする。

……あぁもう、ダメだ。

「ごめんごめん、さすがに意地悪しすぎた」

これ以上やると、本当に限界を越える。

舞をめちゃくちゃにする前にやめようと、そう思って腕を離した……のに。

――グイッ。

このバカは、自分から唇を寄せてきた。

それは、一秒にも満たないような、軽いキス。

けれど、俺の胸の音を加速させるには十分すぎた。

「お前、俺を殺す気？」

「そ、そんな物騒《ぶっそう》なことするわけないでしょっ」

「いーや、これはもう完全に殺しにかかってる」

これを生殺しと言わずに、なんと言うんだろう。

「どうなっても知らねぇからな」

「……好きにして」

あーもう。なんなんだよ、本当に。

「お前、マジでムカつく」

「好きすぎて？」

「……もう黙って」

これ以上あおられると本当にめちゃくちゃにしそうで、俺は自分の口で舞のそれをふさぐ。

合間に漏れる吐息《といき》は、もう完全に俺のスイッチを入れた。

最初は、本当にただの仲よしな、一番の女友達だったのに。

まんまとこいつの策略にはまって、こんなにも好きにさせられるなんて。

「俺、お前よりも好きの気持ち大きい気がする」

「残念。私の方が大きいよ」

ふふッと笑って俺の名前を呼ぶ舞は、どうしてこんな俺を好きになってくれたんだろうか。

「舞」

「ん？」

何回言っても物足りないけど。

「好き」

そう愛を告げれば。

「私の方が好きだよ」

こいつはそれと同じ気持ちを返してくれる。

さんざん傷つけて泣かせたけど、もう二度とそんなことはしない。

舞には、ずっとずっと、俺のとなりで笑っていてもらうんだ。

「……んっ……」

「……かわいい、舞」

「う、るさい……！」

素直じゃないし、強がりな舞だけど。

バカみたいにドキドキさせてくれるから、それ以上にドキドキさせてやる。

きっかけは嘘で、最悪で。

けどいまの俺には舞しか考えられなくて。

とりあえず、いまは。

「舞が、ほしい」

存分に愛して、愛してもらおうと思う。

Fin.

番外編

最初で最後の好きな人

「えーでは、今年二年B組の出店は、〝猫カフェ〟ということで！　みんないいですかー？」

黒板の前で仕切るクラス委員の言葉に、クラスメイトたち……というか主に男子たちが「はーい」と返事をする。

十月の第二土曜日に、我が校では秋の学園祭が行われる。

各クラスで出店をして、お客さんが一番多く来たところには学園祭委員会からクラス全員に売店の割引券が贈呈《ぞうてい》されるという豪華《ごうか》特典つき。

だからこそ、どのクラスも気合を入れてほかに負けないアイデアを出すんだ。

その結果なぜかうちのクラスで決まったのは、いま流行りの猫カフェ。

もちろん本物の猫を学校につれてこられるわけはなく、店員が全員猫耳としっぽをつけるというコスプレ路線のもの。

まったくもって意味がわからない。

女子は拒否《きょひ》するものの、男子たちの押しの強さに負けてしまった。

「ありえない。ぜったいにイヤ！」

後ろの席の莉里は、これでもかと嫌悪のオーラをかもし出している。

席替えをして、私の後ろの席は莉里になった。

大志とはさすがに三回連続近くの席ということにはならず、大志の席は私から二列離れたところにある。

「まぁまぁ、裏方にまわればやらなくて済むわけだし」

「だってじゃんけんだよ？　あたしじゃんけん弱いんだもん」

そう言って、いまからじゃんけんに気合を入れている莉里がかわいい。

なんとかなだめたけど、私だって猫耳は断固お断りだ。なにがなんでも、裏方を勝ちとってみせる。

そう、思ってたのに。

「……じゃんけん修業の旅にでも出ようかな、私」

「賛成。あたしも連れてって」

猫耳反対派の女子たちの裏方をめぐったじゃんけんに、弱いと言っていた莉里はもちろん、私も負けてしまった。

おかしい。じゃんけんはわりと強いはずなのに。

一方男子はノリノリで、逆に誰が猫耳をつけてウケを狙うかを真剣に考えている。

その中心にはバカ大志もいて、なにやら楽しそうに笑っていた。

「え、お前じゃんけん負けたの？　じゃあ猫になるわけ？」

「なによ、そのバカにした言い方」

放課後。バイトがない私は大志と一緒に帰っている。

そこでじゃんけんに負けたことを話すと、大志はなぜか楽しそうに笑った。

「そうか〜。舞のコスプレが見られるんだ、俺。それは楽しみだなぁ」

「ちょっと、言わないでよ！」

やめてほしいのに、ニヤニヤ笑いながらこいつはペット扱いで私の頭をよしよしとなでる。

「絶対かわいいだろ、お前の猫耳」

それなのに急にサラッとそんなことを言うものだから、私は目を丸くした。

やばい、熱い。

「ふっ、顔真っ赤」

「もうっ！」

それがわかったのか、大志は「かわいいねぇ、舞ちゃん」だなんて言ってからかってくる。

「そういうあんたはどうなのよ！」

「俺？　俺はやるよ。客寄せのために最大限にクラスの連中に使われる予定」

負けじと聞いてみたら、へへっと胸を張る大志。

そうだ。こいつは校内でもかっこいいと有名だ。

そしてそれを、本人も自覚している。

もちろんそんな大志を接客に使わない手はない。

みんな、売店割引券のために必死なんだ。

「がんばろうぜ、舞。変態が来たら俺が守ってやるから」

いつかのCATでの一件を大志なりに心配してくれているんだろう。

大丈夫とでも言うように、大志の右手が私の左手を包む。

そんなささいな優しさや笑顔に毎日好きが積もって、私は今日も幸せでいっぱいだった。


それから学園祭当日まで、順調に準備は進んだ。

カフェに出すメニューを決めて、接客担当がつける猫耳としっぽも作製。

教室内のレイアウトもたくさんアイデアを出して、当日が近づくにつれ、みんなの盛りあがりは増す一方だった。

最初は猫耳反対だった女子たちも、当日にはノリノリになっている始末。

それは私も同じで、もうヤケも混じって猫耳店員を精いっぱいまっとうすることにした。

ただ、莉里だけは相変わらずイヤそうな表情を崩していないけど。

「わっ、桐原さんかわいい！」

「そ、そう？」

「うんうん、すごい似合ってるよ！」

開店三十分前。

みんなが自分の準備をする流れにのって、私はクラス実行委員から渡された猫耳としっぽを装着した。

経費削減のため服装は制服のままだけれど、学園祭ということでお化粧も制服の着《き》崩《くず》しも今日だけは解禁。

いつもはしてるかしてないかというレベルの薄化粧を、今日はフルメイクに。スカートもひとつ折って短くして、ブラウスも第二ボタンまで外してリボンをゆるめた。

普段の学校とはちがって、女子たちはいつも以上にキラキラしている。

おまけにうちのクラスの接客する女子は猫耳にしっぽまでつけているものだから、同じ女の私から見てもかわいくて仕方ない。

「おっ、女子いいじゃん」

午前中店番の男子たちは、女子たちの格好を見てにやけている。

かわいいもんね。わかるよ。

けど、男子たちだって人のことは言えない。

「あははっ、なにそれかわいい～！」

「うっせ！　かわいいって言うな！」

普段うるさい男子たちも、猫耳としっぽをつければたちまちキュートに。

それには私も笑いがこらえられなくて、莉里と一緒に大爆笑《だいばくしょう》していた。

女子には映える格好も、男子だとお笑いに見える。

それもこのクラスの推しポイントで、よくある執事メイドカフェなどと差をつけたいという作戦だった。

「そんなに笑うけどなぁ、ひとりだけ例外もいるんだぞ！」

笑う女子に負けじと言い返す男子が、ビシッと自分たちの後ろを指さす。

そこに目を向けると、同じく猫の耳としっぽを生やした大志が立っていた。

「か、かわいい」

誰かの声が、ポツリと聞こえる。

それは、ほかの男子たちとはちがったかわいさ。

顔も整っていて人なつっこい大志が猫になった姿は、女子たちのハートをわしづかみにした。

「どう？　似合う？」

ヘラッと笑う本人は、そんなまわりの視線なんておかまいなし。

ノリノリで一回転までして見せて、「似合いすぎ」と男子たちに笑われていた。

一瞬、バチッと視線が合った気がした。

なぜか驚いたように目を見開かれて、こちらへとやってくる。

「かわいいじゃん」

上から下までまじまじと見られて、意外にも褒めてくれた。

「お前、もともと猫みたいだからな。すげー似合ってるよ、それ」

「……あの、褒めてる？」

「褒めてるだろ。めちゃくちゃ」

けどそれは、恐らくペットをかわいがるのと同じ扱い。

よしよしと頭をなでられて、「引っかくなよ」と私に念押ししてきた。

むかつく。

あんたの方が似合ってるのはわかるけど、そんな言い方ないじゃないか。

「べーっ、だ」

再び男子の輪に戻っていく背中に、私は思いっきりあっかんべーをお見舞いしておいた。


いよいよ学園祭が始まって、うちのクラスは大盛況。

ＣＡＴでやっているのと同じ接客をして、私は普通にバイトをしている気分だった。

「かわいいね、桐原さん」

「あはは、ありがとうございます」

さんざん大志への片想いをこじらせてきたから、意外と校内……特に同じ学年には私の顔が知れわたっているらしい。

まったく知らない人にも名前を呼ばれ、なぜかじゃんけんで私に勝ったら写真を一緒に撮《と》るというオプションまで追加された。

じゃんけんの勝率は、あの裏方めぐりからだだ下がる一方。

これでもかというほど負けて、私は接客どころじゃなくなってきている。

大志も同じ午前中担当だけど、客引きに行っているため今この場にはいない。

いたら少しはフォローしてくれたかな、なんてないものねだりをしてみたり。

「ほんっとかわいいね、桐原さん」

本日何度目かわからないその言葉に、いい加減疲れてきた。

作り笑いをしすぎて表情筋がピクピクしている。

「桐原さーん。新規二名様お願いしまーす」

「あ、はーい」

けれど、お客さんは途切れることなく入れかわり立ちかわり現れて、顔の筋肉を休める暇すらなかった。

「いらっしゃいま……って、松永くん！」

「やっほー、桐原さん。猫、似合うね」

午前中のシフトも終盤に差しかかったとき、私のクラスに見知った人が現れた。

それは、正真正銘同じバイト先の松永くん。

他校の松永くんがうちの学校にいるのは、なんだか変な感じだ。

一般のお客さんも入れるから、わざわざ来てくれたんだろうけど。

こんな格好をバイト先の人に見られるなんて、恥ずかしい以外の何物でもない。

「あれ？」

けれど、松永くんの後ろを見て私のそんな恥ずかしさは吹きとんだ。

「もしかして、彼女さん？」

松永くんに隠れるようにして立っている女の子に、一気に興味が湧く。

隠れていて顔は見えないけれど、背も私より小さくて小柄なのは見てとれた。

「あぁ、うん。ほら麻友《まゆ》、隠れてないで」

「う、うん……」

松永くんに促されて前に出てきたその子は、クリッとした目をうつむかせて、小さな口をキュッと結んでどこか緊張気味。

もじもじしているその姿さえ、かわいらしくていじらしい。

「ごめんね、桐原さん。こいつ、極度の人見知りで」

「あ、そうなんだ。全然大丈夫だよ。えっと、麻友ちゃん……だっけ？　松永くんと同じCATで働いてる桐原舞です。松永くんにはいつもお世話になってます。よろしくね」

なんとなくこちらも緊張するけれど、にっこり笑って挨拶を済ませる。

「さ、坂井《さかい》麻友です。いつも晴人くんがお世話になってます」

まだ緊張した様子ではあったけれど、麻友ちゃんはそう言ってペコリと頭を下げた。

「彼女、かわいいじゃん」

「でしょ？　知ってる」

「あーはいはい。空いてる席案内するね」

松永くんを冷やかしたつもりだったのに、逆にのろけられた。

とりあえず空いているふたりがけの席に案内をして、注文を取る。

別のお客さんの対応をしているときも、ついチラッとふたりの席に目が行く。

松永くんの方はバイトのときとなんら変わりない様子だけれど、麻友ちゃんの方はさっきの緊張が嘘だったかのように無邪気に笑っていた。

あぁ、これは松永くんものろけたくなるよね。かわいいなぁ、麻友ちゃん。

前に聞いた話だと、麻友ちゃんも高校二年生で私と同い年らしい。

それなのにどこか幼い印象なのは、その小柄さからなんだろうか。

「桐原さーん。注文お願ーい」

「あ、はーい！」

とにもかくにも、そんな松永くんと麻友ちゃんをじっくりながめている余裕は残念ながらないわけで。

午前中の担当が終わるその時間まで、私は教室内を駆けまわっていた。


「プッ、あははは……っ！　なんだよ桐谷、その格好！」

「うるせー！　笑うな松永！」

午前の部が終わって猫耳としっぽを取りはずして教室に戻ると、松永くんに盛大に笑われている大志の姿があった。

どうやら今客引きから戻ってきたらしい。猫耳もしっぽもまだついたままだ。

「似合いすぎてて腹痛いっ！」

「おいこら。彼女と来てるからって調子に乗るなよ？」

「いや、関係ないよね。ていうか桐谷の彼女も来てるけど？」

そんな会話の流れでバチッと松永くんと目が合って、続けて大志もこちらに目を向ける。

やっぱり大志の猫耳、かわいい。

似合いすぎて怖いくらい。

「舞、もう終わったの？　俺も早くこれ取らねーと」

そう言って大志はそのまま耳としっぽを取りはずす。

バカ大志。お客さんの前で外さないでって、クラス委員の人言ってたのに。

松永くんに笑われて取りたくなっちゃった気持ちはわかるけど。

「ていうか、お前の彼女かわいいな」

「は？」

このバカの言葉にけげんな顔をしたのは、ほかでもない松永くんと私。

当の麻友ちゃんは大志に対して人見知りが発動して、完全にうつむいてしまった。

「お前よくこの状況でそんなこと言えるな」

「冗談だろ？　そんな怒るなって」

「いや、僕じゃなくて。一回となり見た方がいいよ」

松永くんのその言葉に大志が私を見たけど、もう遅い。

「この、バカ大志」

自分でもどうしようもないなとは思うけれど。

「え、舞？　ごめんって。冗談だよ冗談」

「知らない」

この女たらしに、私はどうしようもなくすねていた。

「あーあ。桐原さん、桐谷がいない間ずっとお客さんにくどかれて困ってたっていうのに」

「は？　マジ？」

松永くんが大志にそんな余計な情報を伝えたけれど、プイッとそっぽを向いた私には関係のない話。

「バカ」

「ちょ、舞！」

我ながらめんどくさい女だとは自覚しながらも、私は足早に教室を出た。

バカ大志め。麻友ちゃんがかわいいからってデレデレしちゃって。

あんな女たらし発言、中学からよくあることなのに。

それでもこんなにすねているのは、それだけあいつのことを好きだってことなんだろう。

「おい、待てって！」

パシッと腕をつかまれたのは、教室を出てわずか数十秒後。

こうして追いかけて来てくれたことが本当はうれしいのに、素直じゃない私はムスッとしたまま振り返る。

「バーカ。大志のバーカ」

「だから悪かったって。な？　機嫌直せよ」

「どうせ私は麻友ちゃんみたいにかわいくないもん」

あぁ、めんどくさい。つくづく自分がめんどくさいと思う。

これにはさすがにあきれられるかな、と少し不安になってその顔を見上げようとした。

けれど、それよりも先に大志の手が、力強く私の腕を引く。

一瞬ですっぽりと大きな体に包まれて、そのままギュッと抱きしめられた。

「冗談でも悪かった。けど、どんなことがあっても俺の一番は舞だから。それだけは揺らがない」

まっすぐにそう言葉を紡がれ、単純な私は嘘のように機嫌を直す。

「舞？」

「……たい焼き、おごってくれるなら許す」

「ふはっ、任せろ」

もう一度ギュ一ッと抱きしめられ、頭をクシャクシャとなでられた。

目の前にはにんまりと笑う大志がいて、少し悔しい。

「ひゅーひゅー。お熱いねぇ、桐カップル！」

「な……っ」

周りの声で、ハッとした。

そうだ。ここは廊下。しかも学園祭真っただ中だ。

道行く人に茶化されて、顔が熱くなる。

大志はといえば「うらやましいだろ～」なんて言って、茶化してくる男子にヒラヒラ手を振っていた。

「い、行こ！　大志！」

とりあえずこの場から離れたくて、私はそんなこいつの腕を引っぱる。

しばらく歩くとそれはいつの間にか恋人つなぎに変わっていて、私も大志と一緒に笑って学園祭を楽しんでいた。

「なーんか、信じらんねぇよな」

「ん？　なにが？」

楽しい学園祭はあっという間に幕を閉じて、空はもう暗くなっていた。

今この時間は後夜祭。

グラウンドにはたくさんの人が集まっていて、この日のためだけに作られた簡易ステージの上で生徒や先生が歌やダンスのパフォーマンスをやっている。

私と大志は、そこから少し離れた木の陰に座って、ステージをぼんやりとながめていた。

「いや、お前とこうして後夜祭過ごせるなんて、って思って」

ポンポンと優しく頭をなでられ、微笑まれる。

その表情にドクンと心臓が波打って、ドキドキした。

「今日、マジでかわいいよ。普段もだけど」

「な……っ、なによ急に」

「いいだろ。たまにはこういう甘いこと言わせろ」

急にそんなこと言われたって、こっちは戸惑ってしまうというのに。

ドキドキしすぎて、きっといま顔真っ赤だ。

「……じゃあ、甘いことついでにひとつ私のお願い聞いてくれる？」

「お願い？」

空が暗くて助かった。

ライトに照らされているステージが遠くてよかった。

じゃないとこんな顔、はっきりとなんて見せられない。

「ギューッって、して？」

私のその言葉に、一瞬大志が驚いた顔をした。

けれどすぐに笑顔に変わって、「ほら」と腕を広げる。

あぁ、好き。

大好きだよ、大志。

迷うことなくその腕に飛びこんだ私は、大志の背中に自分の腕をまわす。

「かわいいやつめ」

私の背中にも温もりが触れたと同時に、そんな声が聞こえた。


中学から、ずっと好きだった人。

女の子にだらしがなくて、私の気持ちになんてみじんも気づいてくれなかったけれど、いまは〝彼女〟としてこうして一緒にいる。

片想いをしていた自分に教えてあげたい。

私はいま、幸せだよって。
これからもずっと、私は大志と一緒にいたい。
願わくば、この人が。
最初で最後の恋の相手でありますように。

Fin.

あとがき

こんにちは、はじめまして。☆*ココロです。このたびは、数ある書籍の中から『好きって言ってほしいのは、嘘つきな君だった。』を手に取ってくださりありがとうございます。

私にとっては今回が初めての書籍化で、お話をいただいたときは驚きと喜びで手が震えました。光栄なことに野いちご大賞で『レーベル賞』をいただき、そして野いちご文庫として書籍化させていただき、私の運はここで使い果たしたのかもしれません。

この作品は、お恥ずかしながら私の片想いの思い出を作品にしたいと思って書き始めたのがきっかけでした。舞と大志は、元をたどれば私とその片想い相手がモデルです。もちろん、賭けという設定は完全なフィクションですが(笑)。

ふたりの掛け合いや、スーパーのシーン、大志の思わせぶりな発言、舞の気持ち。ところどころに、その片想い相手との思い出が詰まっています。

それもあって、この作品のテーマを『共感』として書いていました。恋をしたことがある皆様が少しでも舞の感情に「その気持ちわかる！」と共感してくだされればいいなぁと思います。

恋はきらきらもしていますが、辛くて苦しいときも当然ありますよね。これを書いているときの私は、恋をやめたくてやめたくて仕方ありませんでした。

ちなみに加賀さんは、その反動で生まれた私の王子様キャラです（笑）。

でも、だからこそ舞と大志が愛おしく思えてきて、このふたりを幸せでいっぱいにしてあげようと心に決めていました。

本文でも幸せにしたつもりではありましたが、番外編のお話をいただいて、もっと楽しいふたりの時間を作れたかなと思っています。

そんなこの作品が生まれるきっかけとなった片想い相手とはいま、奇跡がおきて舞と大志と同じ関係となることができました。これからどうなるかだなんて全く予想もつきませんが、いまはこの奇跡を噛みしめていきたいと思います。

少しでも、この作品でキュンとしてもらえたら嬉しいです。皆様にこうして読んでいただけるだけで、私はこれからも頑張っていけます。

最後になりますが、このような機会をくださいましたスターツ出版の皆様。不慣れな私と最後まで一緒になって考えてくださった担当の本間様。今作品を素敵に編集してくださった八角様。可愛すぎるカバーと口絵漫画を描いてくださった杏先生。そしてなにより、ここまで読んでくださった読者の皆様に、心から感謝申し上げます。

最後まで読んでくださり、ありがとうございました！

またいつか、どこかでお会いできることを心から願って。

二〇十八年七月二十五日　☆*ココロ

この物語はフィクションです。実在の人物、団体等とは一切関係がありません。

☆*ココロ先生への
ファンレター宛先

〒104-0031　東京都中央区京橋1-3-1　八重洲口大栄ビル7F
スターツ出版（株）　書籍編集部気付　☆*ココロ先生

好きって言ってほしいのは、嘘つきな君だった。

2018年7月25日　初版第1刷発行

著　者　☆*ココロ　

発行人　松島滋

イラスト　杏

デザイン　齋藤知恵子

DTP　朝日メディアインターナショナル株式会社

編集　本間理央

編集協力　八角明香

発行所　スターツ出版株式会社
〒104-0031
東京都中央区京橋1-3-1 八重洲口大栄ビル7F
TEL 販売部03-6202-0386（ご注文等に関するお問い合わせ）
http://starts-pub.jp/

印刷所　共同印刷株式会社
Printed in Japan

ISBN　978-4-8137-0499-7　C0193

恋するキミのそばに。

野いちご文庫

甘くて泣ける
3年間の
恋物語

スケッチブック

桜川《さくらがわ》ハル・著

本体：640円＋税

初めて知った恋の色。
教えてくれたのは、キミでした——。

ひとみしりな高校生の千春は、渡り廊下である男の子にぶつかってしまう。彼が気になった千春は、こっそり見つめるのが日課になっていた。2年生になり、新しい友達に紹介されたのは、あの男の子・シィ君。ひそかに彼を思いながらも告白できない千春は、こっそり彼の絵を描いていた。でもある日、スケッチブックを本人に見られてしまい…。高校3年間の甘く切ない恋を描いた物語。

イラスト：はるこ

ISBN：978-4-8137-0243-6

感動の声が、たくさん届いています！

何回読んでも、
感動して泣けます。
／trombone22さん

心がぎゅーっと
痛くなりました。
／棗 ほのかさん

わたしも告白して
みようかな、
と思いました。
／菜柚汰さん

切なくて一途で
まっすぐな恋、
憧れます。
／春の猫さん

恋するキミのそばに。

♥ 野いちご文庫 ♥

手紙の秘密に
泣きキュン

だから俺と、付き合ってください。

晴虹《はるな》・著

本体：590円＋税

「好き」っていう、
まっすぐな気持ち。
私、キミの恋心に
憧れてる——。

イラスト：埜生

ISBN：978-4-8137-0244-3

綾乃はサッカー部で学校の有名人・修二先輩と付き合っているけど、そっけなくされて、つらい日々が続いていた。ある日、モテるけど、人懐っこくてどこか憎めない清瀬が書いたラブレターを拾ってしまう。それをきっかけに、恋愛相談しあうようになる。清瀬のまっすぐな想いに、気持ちを揺さぶられる綾乃。好きな人がいる清瀬が気になりはじめるけど——？　ラスト、手紙の秘密に泣きキュン!!

感動の声が、たくさん届いています！

私もこんな
恋したい!!って
思いました。
／アップルビーンズさん

めっちゃ、
清瀬くんイケメン…
爽やか太陽やばいっ!!
／ゆうひ！さん

私もあのラブレター
貰いたい…なんて
思っちゃいました
(>_<)♥
／YooNaさん

後半あたりから涙が
ポロポロと…
感動しました！
／波音LOVEさん